AQUELE QUE VEM

Reuben Cole Westerns Livro 1

STUART G. YATES

Tradução por
OSMAR LOPES

Em 1905, quando a maior parte desta história se passa, o uso de telefones estava bem estabelecido. Desde 1901, Brown and Son instalava telefones em escolas por toda a parte de Kansas para que professores pudessem usá-los caso precisassem entrar em contato com pais de alunos. Não é uma distorção histórica imaginar o uso de telefones em outras áreas dos Estados Unidos nesse momento.

As câmeras se tornaram populares graças à companhia Eastman a partir de 1900, com a sua invenção 'Brownie'. Em 1905, haveria muitas dessas câmeras sendo utilizadas no dia a dia. Na verdade, de tempos anteriores, temos muitas imagens de valor histórico do Velho Oeste, principalmente do período da Guerra Civil.

Da mesma forma, a ideia de 'supermercados' deve ser considerada, pois parece que Kestler criou uma lojas desse tipo neste romance. A rede de lojas 'Piggly Wiggly' nas quais consumidores poderiam adquirir todos seus item necessários sob apenas um teto não estavam consolidadas até 1916, no entanto a loja de Kestler *não* é um supermercado no sentido mais verdadeiro da palavra. É uma loja grande, que fornece uma variedade de mercadorias para agricultores e fazendeiros, assim ela não deve ser confundida com aqueles grandes hipermercados em que hoje em dia fazemos uma grande parte de nossas compras.

Espero que essas breve explicações aumentem, em vez de prejudicar, sua satisfação com esta história.

Para Janice, que tornou minha vida completa.

CAPÍTULO UM

Reuben ouviu o barulho que o acordou na noite e pensou que deveria ser o vento colidindo com a porteira quebrada do quintal, que nunca se fechava direito, o que fazia com que ela batesse repetidamente. Ele se virou na cama e tentou ignorar, mas quando o som veio novamente, ele rapidamente se sentou ereto, tenso, a escuridão pressionando-o como uma coisa viva. Enquanto esperava, em estado de alerta, ele percebeu um detalhe muito importante: não havia vento algum naquela noite. Nem mesmo uma leve brisa.

Ele ficou sentado por um tempo considerável, imóvel como uma pedra, a boca ligeiramente aberta, o coração batendo forte em seus ouvidos. A grande e extensa casa, construída por seu pai cerca de 50 anos atrás ou mais quando as pessoas chamavam aquela pedaço de terra de Velho Oeste, parecia de repente um lugar estranho e hostil. Alguém havia invadido, violado sua propriedade. Mas quem poderia ser, ele se perguntava. Era 1905. Não haviam mais foras da lei. Mortos, enterrados ou esquecidos. Os fios do telégrafo zumbiam, o gado pastava pela planície sem medo de selvagens saqueadores e ele havia até mesmo ouvido rumores de que pessoas haviam visto uma carruagem sem cavalos rodando pela Rua Principal. Uma invenção alemã, diziam. Reuben Cole não tinha certeza de onde ficava a Alemanhã. O mundo moderno era um mistério para ele.

Ele saiu de debaixo do cobertor e esperou, com as pernas nuas do joelho para baixo, a camisola fina, tremendo. As noites eram frias por aqui. Frias e hostis. Reuben não tinha muitos amigos. Ele era solitário, não *sozinho*, como ele dizia rapidamente a qualquer um que se interessasse - os quais eram poucos - mas o caminho que havia escolhido seguir o mantinha afastado de companhias e ele gostava das coisas assim. Ninguém a quem responder. Acordar quando ele quisesse, ir dormir quando ele quisesse, peidar e—

Mais uma vez. Sons de passos, sem dúvida alguma.

Reuben se manteve alerta, se esforçando para evitar que sua mente congelasse. Ele havia matado homens, mas isso foi há muito tempo, lá fora no mundo aberto, onde as perguntas e respostas eram mais limpas e mais simples, diferente daqui, sozinho no refúgio que ele tinha feito para si mesmo.

Ele sabia que teria que ir e confrontar quem quer que estivesse lá. Um ladrão, um oportunista. Reuben não fazia muita de ideia de quanto valiam as coisas naquela casa, a não ser... Ele esfregou seus olhos fechados. A velha pintura que seu pai havia comprado daquele velho estranho em Paris, França. O artista havia morrido uns anos antes e suas pinturas, especialmente aquela grande do nenúfar, havia alcançado uma bela quantia. O quadro pendurado na parede da sala de jantar provavelmente valia mais do que a casa toda.

Ele abriu a gaveta de sua mesinha de cabeceira, com cuidado para não fazer barulho, e enfiou a mão dentro. Sua mão se fechou em volta da conhecida coronha de madeira de bordo de sua Colt Cavalinho. Ele tirou-a de lá, cuidadosamente checou se estava carregada e se levantou.

Ele se recompôs, respirando pela boca, olhos fixos na porta do quarto. A luz cinza da alvorada estava apenas começando a achar seu caminho através da noite mas, mesmo assim, os olhos de Reuben já estavam bem acostumados com o escuro.

Ele deu um passo em direção a porta.

E então um grande estrondo veio lá de baixo, tão alto que ele quase saltou no ar. Droga, o que poderia ser isso?

Passos esmagando vidros estilhaçados.

Ele sabia o que era. Aquela velha coisa que seu pai havia trazido da China em uma de suas tantas viagens ao exterior. Ting ou Ying ou algo do tipo. Velho de qualquer maneira. Tão grande que você poderia plantar um carvalho dentro e ainda teria espaço para um olmo.

Alguém estava pulando lá embaixo, o som era inconfundível. Quem quer que fosse, deve ter batido seu joelho na mesa onde estava o vaso, e Reuben imaginou o intruso segurando o joelho machucado com ambas as mãos, engolindo seus xingamentos.

O acidente o ajudou a tomar sua decisão.

Ele abriu a porta, sem mais nenhum cuidado de manter o silêncio. Dando dois passos de cada vez, ele entrou rapidamente na ampla antessala e viu dois homens, um deles desaparecendo pela porta dos fundos, o outro curvado, agarrado ao joelho. Ele se virou assim que Cole entrou. Seu rosto ficou branco como cinzas, um grito silencioso surgia em sua boca aberta. Cole acertou o homem na lateral de sua cabeça com sua Colt, com mais força do que ele pretendia, e ele estremeceu com o som de ossos se quebrando soando como um tiro.

'Peebie? Tudo bem aí dentro?'

O dono da voz veio da sala de jantar. Barrigudo, de cabeça pequena. Em sua mão, algo que se parecia com um facão.

Reubem atirou nele em seu ombro esquerdo, fazendo com que ele rodasse como uma dançarina de balé. 'Oh, não, ajuda,' ele conseguiu grunhir, 'ele matou *Peebie!*'

O grandalhão recuou antes que o choque do tiro o atingisse. Assim que ele tomou conhecimento de que foi atingido, seu corpo se desligaria e ele ficaria petrificado como uma daquelas árvores fossilizadas no Arizona, sobre as quais Cole havia lido. Tropeçando de volta para a sala de jantar, atravessando a porta, batendo com força no chão, o homem ferido conseguiu mesmo assim colocar-se de pé. Reuben foi atrás dele mas não pôde dar nem ao menos um passo antes que um aperto tão forte quanto um torno se fechou em seu tornozelo. Ele olhou para baixo.

A luz do amanhecer, lentamente mas inexoravelmente conquistando a escuridão, banhava o primeiro intruso com uma estranha e assustadora luz. A boca aberta, seus dentes brancos trincados em sua bochecha destruída, ele grunhia, 'Vejo você no inferno...'

Tentar escapar dele se provou inútil, então Reuben colocou uma bala naquele crânio sorridente e correu para a sala de jantar, perseguindo o outro homem.

Uma coisa tão dura e tão pesada quanto uma bigorna de ferreiro acertou sua cabeça por trás, arremessando-o para frente em um enorme buraco de escuridão.

Ele havia desmaiado antes mesmo de atingir o chão de madeira laminada.

CAPÍTULO DOIS

Arrancando suas botas, Sterling Roose entrou em seu escritório pouco mobiliado e, ignorando qualquer coisa que estivesse a sua volta, foi diretamente para a cafeteira e deu uma espiada adentro.

'Você não é o melhor dos observadores.'

Roose deu meia volta, sua mão foi na direção de seu revólver e parou antes que pudesse retirá-lo do coldre, principalmente porque era um New Model Police da Remington com um cilindro de 5 polegadas e meia. Esse detalhe nunca havia incomodado Roose até então. A última vez em que ele havia sacado sua arma com raiva havia sido quase vinte anos atrás, naquela inesquecível noite quando ele e Reuben Cole deram cabo de cinco bandidos mexicanos na rua principal. Essa, no entanto, não era aquela noite quente e seca. Essa era uma manhã quente e seca e ele estava mais velho e mais lento. Além disso, o homem sentado a sua mesa tinha uma Smith and Wesson de grande calibre apontada na direção de sua barriga. Ele soltou a respiração lentamente e se ajeitou. 'Tudo bem. Você provou seu ponto, estranho, agora você se importa de me dizer o que está fazendo em meu escritório?'

'A porta estava aberta.'

'Isso não é resposta.'

'Verdade.' O homem sorriu e Roose aproveitou a oportunidade para estudá-lo. Claramente, ele esteve no campo por um longo período de tempo. Seu rosto escurecido pelo sol, uma barba de três ou quatro dias cobria não totalmente seu maxilar, a boca fina. Olhos azuis como gelo brilhavam debaixo de grossas sobrancelhas, e ele não era jovem. Profundas linhas atravessavam seu rosto nas bochechas e ao redor dos olhos. Ele parecia ser um indivíduo durão, entendido no uso de uma arma na mão, uma mão coberta por uma luva gasta de couro manchada, como o resto de suas roupas, pela poeira que infringia tudo naquela cidade. 'Estou aqui para falar com você sobre Maddie.'

'Oh.'

'Sim... *oh*. Agora, desabotoe o cinto da arma e sente-se bem devagar. Tenho algumas coisas na minha cabeça que preciso que você ouça.'

'Eu nem mesmo sei quem você é.'

'Bem, essa é uma das coisas sobre as quais podemos falar, mas não agora.' Ele acenou com a arma ligeiramente. 'O cinto da arma... *bem* devagar.'

As coisas pareceram desmoronar em uma grande confusão a partir daquele momento. A porta foi aberta violentamente, com tanta força que quase foi arrancada das dobradiças, e Mathias Thurst, o jovem assistente de Roose, adentrou o escritório. Vestindo nada mais do que suas ceroulas manchadas de suor, Thurst, assim como seu chefe, inicialmente não viu o vulto angular do estranho sentado atrás da mesa do xerife. Com seus braços batendo como as hélices de um moinho de vento quebrado, o cinto da arma pendurado no ombro, chapéu para trás preso à corda no pescoço. Ele vestia uma bota, sua mão esquerda segurava a outra.

'Xerife, oh por favor, você tem que vir rápido,' ele começou, suas palavras saíam de sua boca como petróleo de uma plataforma destampada, 'É a Sra. Samuels, ela chegou guiando aquela pequena charrete dela como doida e está contando para todos que ela...' Sua voz desapareceu assim que seus olhos se fixaram no estranho e, em particular, na enorme Smith and Wesson que estava agora apontada para ele.

Roose aproveitou a oportunidade para pegar a pequena pá de carvão de ferro fundido, com a qual ele costumava manter o fogão alimentado com combustível, e, com todo a força que pôde concentrar, acertou, com uma boa dose de satisfação, a mandíbula do estranho.

Gritando, o estranho agarrou sua bochecha direita e caiu da cadeira Desabando no chão, a arma escorregou na direção de Thurst, ele se contorceu e gemeu alto. Enquanto isso, Thurst inclinou-se e pegou grande Big and Wesson. 'Não tá nem carregada, Xerife.'

Sem ouvir, Roose agilmente pulou para trás de sua mesa acertou com a pá mais duas ou três vezes no crânio do estranho. 'Porco,' ele chiava. Contente que o estranho não estaria mais causando problemas, ele se levantou, respirando com dificuldade, e olhou fixamente para seu jovem assistente. 'Sobre o que você tava gritando, Thurst?'

Thurst levou um momento para responder, os olhos vidrados, estudando o inerte e sangrento corpo do estranho.

'*Thurst,* abra os ouvidos!'

'Eu... Maldito seja, Xerife, você acha que pode tê-lo matado?'

'Não me importo que tenha', disse Roose, o rosto corado, suor surgindo por toda sua testa. Ele arremessou a pequena pá e levantou suas calças. 'Ele já estava aqui quando eu cheguei essa manhã. Apontou a arma para mim. Não sei quem ele é.'

Agora Thurst estava próximo ao corpo, seus dedos pressionando a abaixo da mandíbula quebrada do homem. 'Não sinto pulso nenhum'.

'Thurst, você poderia deixar isso para lá e me dizer por que você veio como se todos os cães do inferno estivesse em seus calcanhares'.

Thurst se levantou novamente, balançando a cabeça. 'Coisa mais horrível que eu já vi.' Ele se virou para fixar o olhar em seu chefe. 'Sra. Samuels, você sabe, ela limpa uma série de grandes proprie-dades por aqui? Bem, ela foi até a casa de Reuben Cole e o encontrou todo machucado, jogado em sua própria sala de jantar, ela disse.' Ele olhou abaixo para o corpo e balançou a cabeça novamente. 'Exatamente como ele, eu acho.'

'Reuben Cole? Todo machucado? Tem certeza que foi isso o que ela disse?'

'É isso. Ela está na cafeteria de Drey Brewer sendo consolada pelas irmãs Spyrow. Eu estava em minha varanda quando ela chegou voando em sua charrete, deu uma freada brusca e começou a gritar comigo, praticamente *exigindo* que eu viesse buscar você. Daí minha aparência desleixada, chefe. Eu peço desculpas por isso.'

'Não se preocupe com nenhum código de vestimenta, filho.' Ele apontou para o corpo amassado próximo à mesa. 'Você, er, arrume isso aqui depois que colocarmos esse idiota em uma cela. Coloque a arma dele sobre minha mesa.'

'Não está carregada.'

'Eu ouvi, mas não tinha como eu saber, tinha?'

'Não, acho que não.'

'Bem, então,' Roose tirou sua jaqueta e a pendurou nas costas de sua cadeira, 'vamos colocá-lo na prisão, então chamarei Doc Evans para cuidar dele.'

'Ele não precisa de nenhum médico, Xerife. Ele precisa de um pregador.' Mais uma vez ele balançou a cabeça. 'Ou Jesus, para levá-lo aos céus.'

CAPÍTULO TRÊS

Abrindo lentamente a porta da cafeteria, Roose acenou na direção Dray Brewer, atrás do balcão, e viu Sra. Samuels com um pequeno grupo, chorando em um lenço encharcado, duas moças idosas e magras vestidas de preto, cada uma com um braço em volta dela, susurrando palavras de reconforto. 'Vai dar tudo certo, Jane, apenas dê tempo ao tempo. Nada disso é sua culpa, você fez o que pôde. Melhor deixas as coisas com as autoridades agora, eles saberão o que fazer... Oh, Xerife Roose! Que oportuna intromissão!'

Tirando o chapéu, Roose puxou uma cadeira e arrastou-a em direção às moças. As duas idosas deram lugar a ele, deixando a terceira, Jane Samuels, a fitá-lo com olhos inchados e vermelhos de tanto chorar. 'Oh, Xerife, foi terrível. Pobre homem.'

'Ele está morto?'

'Não, não, tenho certeza que não. Eu fiz o que pude, o coloquei em uma posição confortável, e corri de volta o mais rápido que pude, pedindo para aquele jovem rapaz, Thurst, para buscar você.'

'Você fez a coisa certa, Jane', disse gentilmente uma das irmãs Spyrow.

'Espero que sim, mas... Oh, Xerife, ele está com um inchaço do tamanho de um ovo atrás da cabeça.'

'Você viu quem poderia ter feito isso?'

'Não. Eles já haviam fugido há muito tempo, não ficaria surpresa. Quem quer que tenha sido, deu-lhe uma surra terrível. E a casa...' Tomada por uma nova onda de angústia, ela chorou em seu lenço, 'Todas aquelas adoráveis coisas que seu pai colecionava. Isso é terrível, *terrível.*'

'Pronto, pronto, Jane, tente não se chatear assim,' disse a irmã mais próxima a Roose. 'Você não pode fazer alguma coisa, Xerife?'

'Senhora Spyrow, vou fazer tudo o que puder para encontrar os criminosos, não tema. Mas Sra. Samuels, devo lhe perguntar novamente. Você tem certeza... *ele está morto?*'

Seu rosto se ergueu e ela pareceu se recompor, respirando fundo algumas vezes, estremecendo. Roose se preparou para o pior. Ele conhecia Cole bem. Eles cavalgaram pelo campo juntos na época em que os índios vagavam livremente e novatos estavam lutando para começar uma nova vida. Ele não poderia contar quantas vezes Cole tinha salvado sua vida, e agora ele também estava—

'Não, ele não está morto, Xerife. Eu lhe disse. Eu cuidei dele, o coloquei na cama. Foi difícil, não me importo de lhe dizer. Ele é um homem *grande*.'

'Ele não é tão grande, mas mesmo assim...'

'Bem... Eu tive que despi-lo, Xerife. Lavar suas feridas, então eu sei o que vi.'

As duas irmãs guincharam, apertando suas pequenas mãos contra suas assustadas bocas.

Incapaz de sustentar seu olhar, Roose virou o rosto, que queimava. Ele chamou Brewer com uma voz trêmula. 'Alguma chance de um café?'

O dono da cafeteria acenou, mas, antes de preparar o pedido de Roose, ele disse, 'Depois do que a Sra. Samuels disse, eu mandei o rapaz do estábulo, Percival, ir buscar o Doutor Evans para que o Sr. Cole pudesse receber um cuidado melhor.'

'Isso foi bom da sua parte, Dray. Obrigado.'

'Acho que uma ou duas de suas costelas estavam quebradas,' disse Sra Samuels.

'Nunca vi Cole ser superado assim,' disse Roose em voz baixa. Ele girou em sua cadeira e olhou fixamente para a mulher que ainda chorava. 'Deve ter havido mais de um deles, pegaram-no de surpresa talvez.'

'Sim, não ficaria surpresa. Havia um daqueles bastões de baseball jogado ao lado dele, com sangue e fios de cabelo.'

Outro grito, de horror dessa vez, veio das irmãs.

Roose refletiu com essa informação por um momento. A maior parte de seu trabalho recente era lidar com colonos no oeste do condado, pessoas que estavam se mudando das cidades já em crescimento mais ao norte. Alguns eram do tipo questionável, vivendo do lado errado da lei, vindo do Missouri com preços em suas cabeças. Ideias já ruminavam em seu cérebro, as suspeitas crescendo. Se homens desesperados, a beira da fome, estivessem começando a fazer reconhecimento e assaltar propriedades remotas, ele teria um enorme trabalho nas mãos para proteger a população afastada.

'Acho que precisarei de seu marido, Nelson, Sra. Samuels. Precisarei de um bom grupo de homens para delegar. Ele estará no topo de minha lista.'

'Nelson está muito velho para cavalgar por aí procurando vagabundos, Xerife. Seus dias de exército acabaram.'

'No entanto, ele foi um dos melhores batedores que o exército já teve, eu posso dizer que ele era bom para c—' Ele interrompeu sua escolha de palavras bruscamente quando os olhares fulminantes das irmãs se voltaram contra ele. Contorcendo-se em sua cadeira, ele pigarreou antes de continuar desconfortavelmente. 'O que quero dizer é que ele era um bom batedor naquela época, Sra. Samuels, e as habilidades que possuía não são do tipo que são esquecidas. E ele não está velho - ele é dois anos mais jovem que eu.'

'Bem, e aí está você, Xerife. Velho *demais*.'

Roose voltou ao escritório do xerife, mastigando um charuto, sentindo que deu mais passos para trás do que para frente. Varrendo o chão, Thurst, com a cabeça e o peito descobertos, brilhava de suor. Ele parou de varrer assim que Roose entrou pela porta e se apoiou na vassoura, com o queixo na ponta do cabo. 'Xerife. Ele está morto.'

Roose sentiu um aperto no estômago, os batimentos cardíacos acelerando, o calor do dia não o ajudando em nada. 'Isso é lamentável.'

'Eu diria que, do jeito que você foi nele com aquela pá, dificilmente teríamos algum outro resultado'.

'Thurst, continue a varrer, depois vá se preparar para uma perseguição via terra.'

'Estou considerando não fazer nenhuma dessas coisas, Xerife.'

'O que você disse?'

'Da maneira que vejo as coisas, acho que você assassinou aquele cavalheiro e eu sou—'

'Cavalheiro coisa nenhuma, Thurst, vamos deixar isso bem claro desde o início. Ele estava aqui para me fazer mal.'

'Tudo bem, mas mesmo que ele não fosse um cara tão legal, ele ainda está morto e você ainda o matou. Eu acho que isso é assassinato, bem aqui e essa é a verdade, Xerife.'

'Ele apontava uma arma para mim, seu babaca.'

'Uma arma descarregada.'

'Como eu disse antes, não tinha como eu saber. O cara estava aqui para me matar, isso é certo, e eu não estava disposto a ficar parado e deixá-lo fazer isso. Se você não tivesse nos interrompido, seria eu quem estaria ganhando um lugar no cemitério, não ele.'

Mathias Thurst continuou olhando, não para Roose, mas para a cela além e a pilha empacotada que havia uma vez sido um homem. Roose seguiu os olhos de seu assistente e considerou suas opções. O que ele teria feio se Thurst não tivesse chegado na hora mais conveniente, ele imaginava. O que o homem tinha a dizer sobre Maddie ou qualquer outra coisa? Certamente o homem era o marido de Maddie. Roose tinha sido mais do que um amigo da esposa do homem por algum tempo. Claro, Roose sabia que Maddie era casada, mas ele acreditava que tudo estava acabado entre eles, então o que tinha estimulado seu marido a confrontá-lo era algo que ele não poderia dizer. Sem dúvida, ele precisava de uma conversa face a face com sua amada de mais de seis meses, para trazer mais luz à situação. Agora, no entanto, ele tinha outras preocupações mais urgentes, Thurst sendo a principal delas.

Roose estufou as bochechas e mediu seu assistente com um olhar frio, mãos na cintura, bem longe do New Model Police em seu coldre, pronto para ser sacado. 'Mathias, podemos resolver tudo isso, realmente podemos, mas no momento temos uma perseguição para começar. Eu pretendo encontrar os responsáveis por invadir a casa de Cole e dar uma surra nele até quase matá-lo. Vou precisar de você.'

'Eu não vou', disse Thurst sem pausar nem mesmo por um momento para considerar as palavras de Roose. 'Eu não aguento mais isso e não aguento mais você, Xerife.'

'Espero um minuto aí, Thurst, isso não é sobre você e eu! Podemos lidar com isso quando voltarmos.'

'Como vamos fazer isso?'

'Bem, vou fazer uma declaração juramentada... Apresente-a ao juiz do condado. Você pode testemunhar ou até mesmo dar o seu lado da história.'

'Depois de voltarmos da perseguição?'

'Sim! Exatamente isso. Esse infeliz incidente vai continuar - não é como se ele fosse para algum outro lugar, certo?'

'E se eu não voltar?'

'Se você não... Do que você está falando? Claro que você vai voltar!'

'O que eu quero dizer é o seguinte, e se eu fosse uma vítima de um acidente, uma bala perdida, uma cascável rastejando por debaixo de meu travesseiro? E aí, Xerife? Seria apenas a sua palavra e...' Ele riu, um som estranhamente sem humor e assustador naquela sala vazia e empoeirada. 'Ninguém jamais questionaria, não é, você sendo um cidadão tão íntegra e tudo mais.'

'O que você acha que eu sou, Thurst? Eu cumpro a lei tão bem quanto qualquer um.'

'Por que você foi para cima dele daquele jeito?'

'Ouça, é muito complicado. Ele é o marido de Maddie – *era* o marido de Maddie.'

'Então é por isso que você o matou?'

'Thurst, você está entendendo tudo errado! I agi em autodefesa.'

Thurst virou-se, colocando a vassoura contra a lateral do fogão. 'Bem, eu já me decidi. Eu não vou. Vou ficar aqui até você voltar, vou guardar o forte, por assim dizer. E vou fazer alguma coisa com o corpo – é bem capaz de ele apodrecer com esse calor.'

'Thurst, não há necessidade de–'

'Há toda a necessidade, Xerife. Não sou estúpido e não vou arriscar minha vida só porque você matou um homem.'

E foi isso. Roose podia ver nos olhos de seu assistente. Ele não poderia ser persuadido, de uma forma ou de outra. Roose relaxou os ombros e avançou, passando por Thurst. Ele tirou três Winchesters de dentro do armário e encheu os bolsos com cartuchos. 'Vou levar Samuels comigo e provavelmente Ryan Stone também. Os dois serviram no exército e sabem bem como é estar no campo aberto.' Ele empilhou as Winchesters debaixo do braço e olhou para seu assistente. 'Você me decepcionou, Mathias. Quando voltarmos, vamos resolver tudo. E não será para o seu bem.'

'Pelo menos eu continuarei vivo.'

Roose ia dizer algo, pensou melhor e saiu pisando duro para o calor ofuscante de mais um dia abafado.

CAPÍTULO QUATRO

Eles cavalgavam lentamente pela planície sem fim, os três homens usando sombreros mexicanos de abas largas. Curvados sobre suas montarias esqueléticas, cujas próprias pernas se dobravam sob o peso de seus cavaleiros, o calor implacável drenava todas as forças e tornava até a mais simples das ações físicas um épico de esforço e determinação. O homem na dianteira era enorme e montava uma mula. Em cada flanco de cada animal, batiam e tiniam abarrotadas sacolas de lona, o barulho das mesmas reverberava pela paisagem escaldante, uma paisagem desprovida de sombras.

'Soloman,' disse o segundo da fila, sua voz fraca e áspera, 'precisamos achar um lugar para descanso, se não para nós, para os cavalos.'

Solomon revirou os enormes ombros, tirou o chapéu e passou a manga pela testa. Ele era careca, exceto por algumas mechas de cabelo preto e oleoso, os quais, há algum tempo atrás, ele penteava sobre a cabeça em uma tentativa de disfarçar a falta de algo no topo. Não funcionava e ele havia abrido mão do esforço e se entregado ao inevitável. Comparado com seu tamanho, a cabeça era tão pequena que as pessoas o chamavam de 'cabeça de alfinete', mas nunca na sua frente. Fazer isso seria como cometer suicídio, uma vez que Soloman era bem entendido na arte de matar. Era algo que ele gostava.

Ele freou sua mula. O animal, quando decidiu que queria, desacelerou até quase parar, mas não o fez. 'Não tenho muita certeza de onde essa sombra possa estar, Pete.'

Pete veio ao seu lado. O suor escorria por seu rosto, cortando pequenos rios através da sujeira que cobria cada centímetro dele. 'Nós não deveríamos ter vindo por aqui. Nós deveríamos ter seguido a trilha. Nós a conhecemos e nós—'

'Eles teriam nos alcançado.'

'*Quem*? Xerife Roose? Levaria horas, talvez até mesmo dias antes que ele entendesse o que aconteceu.'

'Bem, eu não queria correr riscos.'

'Aquele era Reuben Cole,' disse o terceiro homem, vindo com seu cavalo do outro lado de Solomon. 'Eu vi o retrato de seu pai acima da lareira antes de colocar meu Bowie nele.'

'Reuben-quem-quer-que-fosse está morto,' disse Solomon com emoção. Ele se lembrou do prazer profundo e quase sexual que sentia ao bater com a bota na caixa torácica do homem.

'Você não tem certeza disso,' disse Pete.

Virando-se na sela, Solomon deu a Pete um olhar fulminante. 'Eu dei uma bela surra nele, Pete. Ninguém poderia sobreviver à surra que dei naquele pedaço de sujeira.'

'É, é o que você diz, Sollo, mas não temos como saber com cert—'

'*Eu* sei. Eu nunca fui superado em uma briga e não são muitos que se levantam depois de levar uma surra minha. E é o mesmo para ele. Ele está *morto*, eu lhe digo – M-O-R-T-O, morto!'

'Bem, isso faz com que seja mais certo ainda que Roose esteja vindo atrás de nós, não é?' Os outros olharam para o terceiro homem. Magro como um lápis, seu rosto, mãos e qualquer outra parte exposta de carne extremamente queimados, cada remendo de sua roupa, tanto no tronco quanto nas pernas, encharcados de suor. 'O que?'

'Você não precisa dizer o óbvio, Notch.', disse Pete, 'nós todos sabemos o que Roose vai fazer.'

'É, mas como eu disse,' disse Solomon, virando seus olhos para o horizonte distante e a massa de cascalho cinza seco que os separava dele, 'ele não descobrirá o corpo por dias. Nós temos tempo o bastante para chegar a Lawrenceville e entregar essa carga ao Sr. Kestler. Será um dia de pagamento como nunca vimos.'

'Se chegarmos lá,' sacudindo seu cantil para causar um efeito dramático. O som de algumas poucas gostas de líquido vinha lá de dentro. 'Eu mal tenho o suficiente para encher minha boca aqui.'

'Nem eu,' disse Pete, abatido.

'Parem de reclamar vocês dois! Lawrenceville deve estar a menos de meio dia de viagem, então não iremos morrer de sede aqui'. Ele cuidadosamente enfiou sua mão direita sob sua camisa imunda para sentir a ferida pulsante onde Cole havia atirado. A bala havia atravessado direto até o outro lado. 'Eu sempre tive sorte quando se trata de levar um tiro, mas dói como o pecado.' Ele olhou seus olhos ensanguentados e os lambeu.

'Espero que você esteja certo sobre a gente não morrer aqui, Sollo,' gemeu Pete, com a cabeça abaixada colada ao peito, sua voz soava derrotada.

'Eu estou certo, maldito seja, Pete! Você não levou um tiro mas tudo o que faz é reclamar como uma velhinha. Agora anime-se e vamos continuar antes que realmente fritemos aqui.'

Com isso, Solomon chutou o flanco de sua mula várias vezes. Eventualmente, ela se moveu um pouco mais rápido, mas não muito. Ela se arrastava pelo duro e árido solo onde nada crescia, todo coberto por uma poeira cinza e uniforme que refletia o brilho dos raios de sol diretamente nos rostos dos homens e dos animais. Solomon tirou seu lenço do pescoço e cobriu uma boa parte do rosto com ele, para dar algum alívio do brilho, e abaixou seu sombrero o máximo que pôde sem fazê-lo cair. Dessa maneira, ele poderia se proteger da claridade abrasadora tanto quanto possível. Os outros seguiram seu exemplo, ajeitaram os ombros, e continuaram, conformados com o que tinham que fazer. Longe demais para voltar pelo caminho por onde eles vieram, não havia outra escolha a não ser seguir Soloman.

Devem ter se passado duas horas, embora provavelmente parecessem dois *dias*, quando Pete pensou ter ouvido algo, freou seu cavalo e se inclinou para ouvir.

Lá! Além da crista distante, o som de...

Apertando os olhos, ele viu, em contraste contra o céu branco. Um rastro cinza avançando oposto ao seu ponto de origem. Não era fogo. Fumaça. 'Fumaça, cacete! *Fumaça!*'

Os outros reagiram, Solomon foi o primeiro, pulando de sua mula quando ela se recuou a ficar totalmente parada. 'Que droga, queria ter uma luneta comigo. Fumaça, você diz?'

'Sem dúvida', gritou Pete, incapaz e sem o desejo de conter o triunfo de sua voz.

'Talvez sejam índios,' disse Notch, desolado. 'Eles mandam sinais de fumaça, não?

'Não são índios, é a ferrovia,' disse Soloman, girando e jogando o sombrero para o alto. 'A ferrovia para Lawrenceville! Rapazes, nós estamos salvo!'

Os outros ficaram boquiabertos mas sabiam que ele estava certo.

Eles estavam salvos.

CAPÍTULO CINCO

Roose saiu da casa de Doc Evans, que também funcionava como consultório, e parou na varanda, olhando para a rua na direção de uma voz que ele reconheceu.

Era Maddie. Usando um vestido azul centáureo, com um pequenino chapéu pillbox sobre seus cachos dourados caídos, ela vinha em uma pequena charrete, chamando, 'Sterling, o que diabos está acontecendo?'

Uma das coisas que ele mais amava em relação a Maddie era a maneira com que sua beleza física não combinava com sua voz rouca. Ela era como uma gata selvagem, tanto na cama quanto fora dela, e ele sorriu com uma mistura de orgulho e alegria conforme ela se aproximava. Ela era durona como um valentão, mas conseguia sempre se apresentar tão linda quanto uma pintura.

Contudo, em seus olhos hoje ardia algo que ele não reconhecia.

Ela se aproximou e puxou o freio da roda. Estudou-o por alguns momentos, sua voz falhou quando falou. 'Fui ao seu escritório para saber por que você saiu sem me dizer uma palavra esta manhã.'

'Ah, sim, me desculpe por isso mas—'

'E quando eu cheguei lá, seu jovem assistente e um outro jovem estavam retirando um corpo da cela. Então eu paro, toda confusa como você pode imaginar,' ele podia e então tirou o chapéu e foi se explicar mas foi interrompido mais uma vez – 'quando eu olhei para ver quem era.'

'Quem era... Bem, eu devo admitir que ele mencionou seu nome, então eu assumi que deveria ser um amante ciumento.' A mentira veio fácil, pois ele sabia muito bem que o homem morto era seu marido, mas não podia dizer isso a ela. Roose deu a ela um sorriso tímido. 'Eu estou bem ciente de que você tem vários outros amigos.'

'Ele era *mais* do que um amigo, Sterling! Ele era Gunther.'

'Gunther?'

'Sim, seu idiota – Gunther Haas, *meu marido*!'

Por um terrível momento, Roose acreditou estar exagerando na atuação quando sua boca se abriu e seus olhos se arregalaram. Abrindo a boca grotescamente, ele forçou estar surpreso, 'Marido?' Ela assentiu e, para dar mais ênfase às suas palavras, ela fungou ruidosamente, tirou um lenço de seda da manga e assoou o nariz nele. Roose passou uma mão trêmula por sua boca. 'Oh, cruz credo.'

'Sim, você pode muito bem dizer 'oh cruz credo'!' Ela deu mais uma assoada no nariz e então desceu da charrete e parou na frente dele, mãos na cintura, cabeça inclinada, sua boca fina como uma linha. 'Você está realmente me dizendo que não sabia quem ele era?'

'Eu juro.'

'Tudo bem, se é isso mesmo, me conte o que Gunther está fazendo na *sua* prisão, morto como um poste.'

. . .

Ouvindo as vozes elevadas e os sinceros soluços de Maddie, Doc Evans saiu de seu consultório, avaliou a situação, e convidou Maddie a entrar. Ele a sentou à mesa de sua cozinha enquanto Roose, seguindo-os como um cachorro reprimido, encostou no batente da porta, braços cruzados, imaginando como ele sobreviveria aos próximos minutos.

'Pronto, pronto, Senhora Haas,' disse o médico em tom tranquilizador enquanto trazia um copo d'água para ela, 'experimente beber isso e não se aborreça tanto.'

Murmurando agradecimentos, Maddie fez o que foi sugerido. Ela ficou quieta, enxugando os olhos e o nariz com o lenço, a respiração tremendo na garganta.

Afastando-se dela, os olhos de Doc Evan pararam em Roose, a pergunta não dita estava no ar.

"Ela recebeu más notícias,' disse Roose, incapaz de segurar o olhar do médico. 'Muito ruins.'

'Ele está *morto,* malditos sejam seus olhos, Sterling Roose!'

Olhando de um para o outro, franzindo a sobrancelha, Evans balançou a cabeça. 'Quem está morto?'

'O marido dela.'

Evans ficou boquiabertou e olho para Maddie, que choramingava. 'Seu marido? Nossa, eu nem sabia que ele estava de volta à cidade. Quando tempo desde que vocês—'

'Mais de três anos.'

'Bem, caramba.' Balançando a cabeça, Doc Evans foi até um grande armário de vidro, o abriu e cuidadosamente extraiu um jarro, com um líquido marrom ocupando aproximadamente três quartos de seu volume. Ele retirou a rolha, encheu um pequeno copo de vidro e o entregou a Maddie. 'Conhaque medicinal. Acho que um pouco disso poderia ajudar.'

Ela acenou em agradecimento, parou por um momento, então derramou o conteúdo do copo garganta abaixo.

Evans deu a Roose um olhar surpreso, Roose respondeu com um leve encolher dos ombros e um levantar de sobrancelhas.

'Obrigado, Doutor,' ela disse, devolvendo o copo para Evans. 'Mais um, se você não se importa.'

Roose segurou uma risada enquanto Evans colocava mais uma generosa dose. Maddie se demorou com esta.

'Lamento muita por sua perda. Pedirei à senhorita Coulson, minha enfermeira, que acompanhe você até sua casa. Você não deveria ficar sozinha depois de um choque desses.' Ele se virou para Roose. 'Assumo que isto tenha sido um crime, então alguma ideia de quem possa ter feito tal coisa?'

'Oh, sim,' disse Roose com um leve sorriso, 'Eu tenho uma ideia muito boa.'

Maddie recusou a oferta de ser escoltada até sua casa. Em vez disso, ela fez com que Roose conduzisse a pequena charrete para fora dos limites da cidade e a parasse no topo de uma colina próxima, sob a sombra de várias árvores.

'Você o matou, não foi?'

'Por que você pensa dessa forma?'

'Porque eu vi o olhar nos seus olhos quando o bom médico lhe perguntou.'

Roose limpou a garganta, pegando sua bolsa de tabaco. 'Eu não fazia ideia de que ele era seu marido.'

'Teria feito alguma diferença?'

'Talvez sim, talvez não,' ele fez uma linha de tabaco em um papel e habilmente o enrolou para tomar forma. 'Ele tinha uma arma apontada para mim, parecia decidido a me matar. Eu fiz o que tinha que fazer.' Ele a estudou. 'Por que você nunca o mencionou nas vezes em que estivemos juntos?'

'Estávamos divorciados.'

'Di-o que?'

'Divorciados. Separados. Ele começou a se divertir com uma prostituta mexicana chamada Beatriz Gomez uns anos atrás, então o expulsei de casa. Melhor coisa que já fiz. Era minha intenção te contar, Sterling...' Ela piscou os olhos. 'Eu juro.'

'Bah, não importa muito para mim.' Ele colocou o cigarro na boca, acendeu um palito de fósforo em uma pequena lata de metal em qual ele mantinha seus papeis, e tocou a chama com o cigarro. Ele acendeu, Roose deu uma tragada e soprou a fumaça lentamente. 'O que está feito está feito. Tenho coisas mais importantes para pensar agora. Preciso do seu rancheiro para me ajudar.'

'Cougan? Ele é cheio de energia, igualzinho ao pai.'

'Eu conhecia seu pai. Conhecia muito bem.'

'Então você sabe que seu filho ainda nos culpa pelo que aconteceu com sua família em Luisiana. Eles foram enforcados, tinham fugido da fazenda onde trabalhavam. Ele não é muito gentil com brancos, especialmente com homens da lei.'

'Eu não faço as leis, Maddie, apenas faço cumprir a justiça. Reuben Cole levou uma surra de um bando de vagabundos que quase o mataram ontem à no—' Ele parou quem viu rosto dela, os olhos arregalados, lábios tremendo. Por um momento, pareceu a ele que ela estava prestes a desmaiar. 'Está tudo bem?'

Ela retirou um pequeno lenço de seda da manga e enxugou a boca. 'Cole? Ele está... Quero dizer, uma surra que quase o matou, você diz.'

'Sim...' Ele passou os olhos sobre ela. Se ele não estava enganado, ela parecia mais perturbada com as notícias sobre Cole do que com as sobre seu marido. 'Mas você conhece Cole...' Um olhar alarmante se passou pelo rosto de Maddie.

'Bem, *sim*, eu o conheço, mas não desse jeito, Sterling.'

'Nunca disse isso, Maddie,' Roose disse lentamente, os olhos fixos nos dela. 'O que eu quis dizer é que ele é durão e eles podem ter tentado o seu melhor, mas não conseguiram matá-lo.'

'Ah, sim, claro.' Ela forçou uma pequena risada e guardou seu lenço de volta. 'Então, o que aconteceu exatamente?'

'Eles invadiram sua casa levaram quase toda sua herança de família, que provavelmente valia uma boa quantia, e eu planejo trazê-los de volta para pagarem por isso.'

'Sim. Sim, é claro... Mas por que você precisa do Cougan?'

'Porque ele é um dos melhores daqui com uma arma e eu devo precisar de seus serviços. Tenho dois rastreadores, mas duvido que eles possam fazer muito em um tiroteio.' Ele ria enquanto estudava o ponta do cigarro. 'Muito fortuito você ter vindo para cidade logo agora. Talvez seja um sinal'.

Ela fungou ruidosamente, as emoções voltando. 'Pobre Gunther. Você não precisava matá-lo.'

'Claro que precisava. Ele ia me matar.'

'Bem, vamos ver o que o juiz tem a dizer sobre isso.'

'Juiz? O que o que você quer dizer com isso?'

'Eu *quero dizer* que tenho a intenção de deixar a justiça trabalhar, Sterling. Estou apenas repetindo o seus próprios sentimentos em relação a isso.'

'Você é uma megera, Maddie! Eu disse que não tive escolha.'

'Veremos. Deve haver testemunhas.'

'O que? Com quem você falou? Quem quer que seja, eles entenderam tudo errado, eu te juro.'

'Não, Sterling, não conversei com ninguém, ainda não. Mas acho que tenho ideia de onde começar.' Ela sorriu. 'Agora, se não vai me beijar, volte para a cidade e aí você pode continuar a sua perseguição.'

Eles esperaram até o final da tarde antes de avistarem Cougan vindo para a cidade montado em um grande e poderoso potro. Ele era um homem grande e muito musculoso, que usava uma camisa militar cinza e uma calça militar azul, segura por largos suspensórios. Em seu cinto havia uma Colt da Marinha, na bainha, batendo no cavalo, uma carabina Spencer. Se não fosse pelo chapéu-coco ridiculamente pequeno inclinado sobre sua cabeça raspada, qualquer um que o visse diria que era um homem em uma missão.

'Meu Deus, ele é um brutamontes,' disse Nelson Samuels, que esperava em seu próprio cavalo próximo a Roose.

'É um brigador,' disse Roose, 'então tente não o irritar demais.' Ele olhou torto para o outro home que havia convocado para o serviço, Ryan Stone, um homem alto e magro, com traços marcantes. Ele parecia nervoso e Roose sentiu um nó no estômago. 'Você não parece muito feliz com a chegada de nosso companheiro, Ryan. Por que? Teve problemas com Cougan?

'Nossos caminhos já se cruzaram.' Sobre seu cavalo, ele inclinou para o lado, pigarreou e cuspiu no chão. 'Nunca gostei dele. Um fanfarrão barulhento, isso é o que ele é. O que deu em você para trazê-lo?'

'Ele é o melhor atirador desse lado do Mississipi. Nenhum outro motivo. Vê aquela velha Sharp que ele carrega? Ele pode acertar o olho de uma cascavel em uma distância de mil milhas com ela.'

'Essa é uma carabina Spencer, Xerife,' disse Samuels lentamente. 'Não que isso importe se ele souber usá-la.' Samuels se ajeitou na sela. 'Vamos cumprir as gentilezas e acabar logo com isso. Minha esposa está em estado de choque por causa de Reuben Cole e quer esses homens presos.'

'Ou mortos,' murmurou Ryan, seus olhos fixos em Cougan, que havia parado a menos de meia dúzia de passos de distância. Ele não falou nada.

Roose também não, dando a Cougan o mais leve dos acenos antes de virar sua montaria e sair trotando lentamente. Pensando bem, eles não se importaria se todos esses homens fossem mortos. Matança sempre foi uma espécie de companheira para Sterling Roose.

CAPÍTULO SEIS

Eles deixaram o Forte Concho no final de agosto de 1874. Suas coisas haviam sido enviadas alguns dias antes e Reuben Cole, junto com Sterling Roose, estava do lado de fora na entrada principal de seu quartel na noite anterior à sua partida, fumando e olhando para a vasta pradaria a sua volta.

'Ouvi dizer que são os comanches,' disse Reuben, deixando a fumaça sair por entre seus lábios. Ele não era tanto de fumar, permitindo-se um cigarro à noite antes de dormir. 'De novo,' acrescentou, incapaz de conter a amargura de sua voz.

'Ouvi dizer que um bando de cheynees e arapaho se juntaram a eles. Fugiram da reserva para seguir um bando de kiowa. Há muitos deles, talvez dois mil.'

'Se isso é verdade, teremos uma longa jornada desta vez, Sterling.'

'É sempre uma longa jornada quando se trata dos comanches. Eles não tomam prisioneiros. E desta vez, de acordo com o Coronel, nem nós. O governo os quer de volta naquela reserva e nós temos que fazer o que for necessário para ter sucesso nessa demanda.'

'Você está sabendo das coisas, hein?'

Um brilho malicioso passou pelos olhos de Roose. 'Para ser sincero, Rube, eu ouvi pela porta do Coronel Mackenzie depois que vi aquele cavaleiro vindo rápido como um raio pela praça de armas. Alguns de nós nos esgueiramos e ouvimos o que ele tinha a dizer.'

'Foi corajoso da sua parte. Se o Sargento Dixon tivesse te encontrado ele teria—'

'Advinhe, Rube, Dixon foi o primeiro a chegar lá.' Ele riu. 'Acho que ele esperava uma dispensa fácil. Sua esposa está esperando o primogênito deles.'

'Talvez ele consiga uma licença por motivos familiares.'

'Contra os comanches? Você está de brincadeira? Não, eles precisam de cada um de nós lá, para empurrá-los na direção do Rio Vermelho, criando o máximo possível de dificuldade para eles para forçá-los a voltar de onde vieram. Mas Lobo Solitário os está liderando e ele é duro como as montanhas que nos cercam de todos os lados. Ele não vai cair sem lutar.'

Enquantos saíam pela entrada principal, com Reuben e Roose na frente, o Sol brilhava acima, com uma intensidade que era quase dura demais para se aguentar. Como batedores, eles vestiam chapéus de palha de abas largas e calças de camurça, que lhe davam alguma proteção. Ben Cougan, o terceiro batedor, tinha trazido consigo uma sombrinha, que agora ele girava em seus dedos grossos como salsichas. 'Ganhei isso de uma jovem prostituta de El Paso. Melhor coisa que ela já me deu – ela era feia para diabo.'

'Diz o deus grego', riu Roose.

'O que foi que você disse?'

'Nada, Ben', disse Roose com um sorriso, 'apenas comentando sobre sua suprema beleza e como você consegue encantar as mais belas das jovenzinhas até sua cama.' Ele piscou.

Cougar o encarou, não acreditando em uma palavra do que ouviu. Ele era um sujeito perigoso e imprevisível, mas Reuben havia dado um tapa em suas costas em mais de uma ocasião, dizendo simplesmente, 'Deixa pra lá, Ben.' Era o suficiente.

A paisagem ondulante era uma planície árida e rachada, a terra compacta pontuada por amontoados de rochas e moitas de sálvia. Um cheiro acre chegou às gargantas dos homens, e os três batedores levantaram suas bandanas para cobrir nariz e boca.

Eles estabeleceram um ritmo constante, guiando suas montarias pelo terreno acidentado, sabendo que a coisa mais perigosa que poderia acontecer ali seria um cavalo torcer o tornozelo em uma depressão escondida. Algumas vezes, uma cascavel podia ser ouvida e, em outras, um raro avistar de uma águia os fazia olhar para cima. Alem disso, nada mais se mexia e os únicos sons eram o arrastar de cascos e os resmungos dos cavaleiros à beira do tédio.

'Eu não gosto disso', disse o jovem segundo comandante, Tenente Nathan Brent, rosto limpo e imaculadamente arrumado apesar do calor. Ele tinha cavalgado até os batedores, que estavam a algumas centenas de passos adiante da coluna.

Roose, inclinado para frente, mãos nas alças de sua cela, deu a ele um olhar encorajador, apreciando sua ansiedade e inocência. 'Do que exatamente você não gosta, Tenente?'

'Olhe isso,' ele moveu o braço dramaticamente em um arco, 'estamos abertos demais. Comanches podem estar escondidos em uma ravina, esperando para atacar.'

'Bater e correr, você quer dizer?' perguntou Cole.

'Sim! Precisamente.'

'O que você sugere, Tenente?' perguntou Roose, alongando as costas. 'Poderíamos nos espalhar, mas não acredito que há algum índio por aqui.'

'É mais provável que estejam escondidos naquelas rochas,' disse Cole, apontando na direção de uma distante cadeia de baixas montanhas irregulares, que brotavam da terra cinza como dentes de um gigante. 'Os picos são virtualmente impossíveis de se escalar, mas há todo um sistema de cavernas, penhascos e caminhos escondidos onde um bom número de homens poderia se esconder.'

'Então deveríamos checá-los, visto que estamos indo naquela direção.'

Cole pareceu ficar desconfortável e olhou para Roose.

'É uma viagem de duas horas, Tenente. Não vamos estar de volta antes do anoitecer.' Ele olhou a sua volta, e pegou de dentro de um de seus alforjes um par de binóculos de precisão alemão. Ele examinou a planície à sua esquerda, grunhindo quando encontrou o que estava procurando. 'Lá longe tem um agrupamento de árvores que pode servir de sombra suficiente para dar aos cavalos algum alívio do sol. Meu conselho é que façam acampamento lá e esperem por nosso retorno.' Ele continuou rodando as lentes para cobrir todas as direções.

'E coloque piquetes,' disse Cole. 'Seus melhores homens.'

Os três batedores cavalgaram a um bom ritmo pela planície, seguindo um caminho com menos fragmentos quebrados de rocha. À medida que se aproximavam da base das montanhas, o cascalho aumentava drasticamente, forçando-os a contornar para o leste enquanto procuravam um caminho para a rede de montanhas.

Dando lugar a uma grande depressão, a paisagem mudou de repente, com pastagens e pequenos bosques substituindo o cinza uniforme da planície. Foi aqui que eles encontraram algumas construções de madeira. Freando seu cavalo, Roose trouxe novamente seus binóculos até os olhos. 'Certo, temos aqui uma choupana. Parece bem construída, e recente, com um área cercada na parte de trás. Provavelmente com vegetais e coisas do tipo. Tem um pequeno celeiro e um estábulo mas não vejo cavalos... Tem um poço, e...'

Sua voz sumiu à medida que ele lentamente abaixava os binóculos e se virava para Cole, que esperava em silêncio, sentado.

'O que?'

'Tem alguma coisa atrás do poço...' Ele levantou os binóculos de novo, ajustando os anéis de foco ligeiramente. 'Parece... Não consigo ver direito, pois está obscurecido pelo poço...'

'Vamos lá embaixo,' disse Cougan, pausando para dar uma cusparada. 'Não há nada se movendo por uns cem metros quadrados nesta terra morta e agonizante. Olha isso – nada cresce exceto arbustos de tojo e coisas do tipo. Por que alguém viveria por aqui?

'Eles trabalharam duro, quem quer que sejam,' disse Roose, ainda examinando o assentamento, 'plantaram uma boa quantidade de trigo. Fazendeiros de verdade, não uns amadores ansiosos. Olhe esses campos, isso não é um trabalho de alguém que não sabe o que está fazendo.'

'Então onde eles estão?'

Roose abaixou os binóculos novamente e respondeu à questão de seu colega com um simples dar de ombros.

'Vou lá embaixo,' disse Cougan enquanto habilmente desmontava a sombrinha e colocava logo atrás do pomo da cela. 'Quanto mais a gente espera aqui, maior a chance de sermos fritos. Além disso, eles vem ter comida, uma boa xícara de café, um belo pão.' Lambendo os lábios, deu um tapinha em seu grande estômago, estendeu a mão para trás e puxou sua carabina Spencer de sua bainha. 'Vocês vêm?'

'Não gosto disso', disse Roose. 'Parece tudo muito bem cuidado, mas por que não tem ninguém por perto?'

'Talvez eles estejam lá dentro, comendo.' Cougan chutou os flancos de seu cavalo e começou a descer a leve inclinação. 'Vou dar uma olhada.' Logo ele estava cortando uma trilha pela grama.

'Seguimos ele?'

'Não,' disse Cole. 'Entramos pelos flancos. Você vai pela direita. Faça uma varredura em um amplo arco e quando você chegar ao outro lado do gramado, desmonte e mova-se devagar.'

'Esperando problemas?'

'Não sei o que esperar,' disse Cole, checando sua Winchester com certo cuidado, 'mas tem alguma coisa errada. Nenhum cavalo no estábulo, isso me causa uma certa preocupação, Sterling, é o que eu lhe digo.' Ele tomou um longo gole de água de seu cantil e se soltou da sela. 'Eu vou a pé. Se você ouvir tiros, esqueça o que eu disse sobre se mover lentamente e corra depressa.'

Mordendo o lábio inferior, Roose fez uma última varredura com os binóculos, balançou a cabeça, e galopou para o outro lado.

CAPÍTULO SETE

Gemendo com o esforço, Cole sentou-se na cama quando Maddie entrou no quarto. Cabeça inclinada, ela o estudou desdenhosamente com lábios franzidos e queixo proeminente. 'Oha só você, Cole.'

'Bom dia para você também, Maddie.'

Ele se esforçou para se sentir mais confortável, gemendo e resmungando, tentando achar a melhor posição. Ela se aproximou, puxando-lhe enquanto ajeitava um dos três travesseiros atrás de suas costas, antes de colocá-lo gentilmente de volta na cabeceira, agora bem acolchoada. 'Parece que você precisa de uma mãozinha.'

'Qualquer coisa de você já ajudaria bem.'

Ela deu um passo para trás, afastando uma mecha de cabelo de sua testa. 'Não deixe Sterling ouvir você dizer essas coisas.'

'Quando vamos contá-lo?'

Maddie fez uma careta, apontou a cabeça na direção da porta do quarto e disse. 'Sssh, seu idiota! Ele está ali fora, falando com os outros. Estará aqui em um minuto.'

'Me responda.'

'Agora não, seu idiota! Mais cedo, quando ele me contou o que aconteceu, acho que suspeitou de alguma coisa.'

'Por que ele suspeitaria?'

'Que droga, Cole! Você é estúpido, ou o que? Por causa de minha reação pelo que fizeram com você. Eu quase desmaiei de preocupação.'

'Não precisa se preocupar comigo, Maddie. Já estive pior, pode acreditar. Então, o que ele disse?'

'Nada, graças ao Senhor. Acho que consegui distraí-lo quando disse que informaria ao juiz sobre o que aconteceu com Gunther.'

'Gunther? Você quer dizer que ele voltou?'

Tomando seu tempo, checando várias vezes a porta, ela contou a Cole sobre o que aconteceu na prisão. Ele ouvir sem comentar e, quando ela terminou, alisou os cobertores sobre seu peito. 'Enfim, ele está decidido a cavalgar pela pradaria para procurar pelos homens que fizeram isso com você. Quero dizer, *olhe* para você, Reuben!' Pela primeira vez, lágrimas apareceram sob suas pálpebras, elas desciam sobre sua bochecha. 'Que droga, eu não queria chorar, mas... *maldito seja, Reuben!*'

Ele estendeu suas mãos a ela, à medida que suas mãos se fecharam sobre seus braços. Ela engasgou. 'Não foi minha culpa, Maddie! Eles vieram à noite, procurando roubar qualquer coisa que pudessem. Quebraram duas ou três das coisas de meu pai. Eu atirei e matei um deles, mas o outro me pegou porque se escondeu atrás da porta. Acho que eu não estava pensando direito.'

'E quando você pensa?'

'Estou com você, Maddie. Estou apaixonado por você.'

Ela parou, a cor, assim como a tensão, saindo de seu rosto. Por um momento, parecia a Cole que ela estava prestes a chorar de novo. Ele ia falar algo, mas antes que pudesse, ela se recuperou e se libertou de seus braços. 'O que você sabe sobre amor, Reuben? Você passou metade de sua vida trilhando por aí, a outra metade varrendo essa sua casa grande e vazia.'

'Até você chegar.'

'*Até eu...* Reuben, nós passamos apenas alguns breves momentos juntos.'

'E nesses momentos eu percebi o quanto preciso de você.'

Seus olhos brilharam com uma mistura de supresa, tristeza e algo mais... Ele desejava que fosse esperança. Um desejo compartilhado de ficarem juntos. Ele tinha sentido isso quando ela deitou em seus braços da última vez em que estiveram juntos. A maneira com a qual ela se aconchegou nele, sua voz tão suave, tão doce. Ele sabia que o que eles tinham era mais do que algo meramente físico. Agora, com aquela expressão que ela carregava, ele podia sentir isso novamente.

Ela ia falar mas prendeu a respiração, pois sons de passos se aproximando fizeram com que fosse impossível que a conversa continuasse.

'Ora, ora, aí está uma bela imagem.'

Era Roose, parado à porta, chapéu inclinado para o lado, polegares no cinto. Maddie, rodopiou e deu uma risadinha, o que soou forçado, falso, para Cole. Se Roose também achou isso, não disse nada nem mudou de posição. 'Sterling, você é um idiota,' Maddie disse. 'Apenas estou aqui confortando Reuben, o que é mais do que você está fazendo. Quero dizer *olhe* para ele.'

Roose entrou na sala, o som de suas botas era ameaçador naquele pequeno e escuro quarto. 'Deixe um pouco de luz entrar,' ele disse, enquanto enrolava um cigarro.

Maddie rapidamente foi até a janela principal e abriu as venezianas. Instantaneamente, raios de luz entraram, revelando a névoa de poeira pairando no ar. 'Nossa, esse lugar precisa de uma boa faxina,' ela disse.

Roose sorriu para seu velho amigo. 'É verdade o que ela diz, Reubs – parece que você levou mesmo uma bela surra.'

Inconscientemente, Cole sentiu o inchaço em sua mandíbula. A pior dor era em suas costelas, onde pisaram nele com as botas. Ele não tinha sentido na hora, pois tinha sido atingido por trás na cabeça. As bandagens que ele usava estavam endurecidas em sangue seco. 'Eu devo ter que raspar a cabeça para tirar essas coisas,' ele disse, cutucando os fiapos do curativo.

'Não mexa,' gritou Maddie, dando um tapa em sua mão. 'Você não tem bom senso? O médico disse para descansar, então descanse.'

'Ela está certa,' disse Roose, acendendo seu cigarro. Ele soltou lentamente a fumaça. 'Tenho três bons homens esperando lá fora. Planejamos cavalgar e pegar o rastro deles. Temos uma testemunha que disse ter visto três homens seguindo para noroeste. A única cidade dentro de cem milhas para o noroeste é Lawrenceville.'

'Não é uma cidade muito acolhedora, você sabe.'

'Ainda é um lugar sem lei. Mas a ferrovia chegou há dois anos então as coisas devem ter melhorado. Um homem chamado Kestler é quem manda por lá.'

'Conhece ele?'

'*Soube* dele. Ouvi umas coisas. Nem todas de se elogiar.'

Reuben fez que iria retirar as cobertas de cima dele, mas Maddie chegou primeiro, 'O que você acha que está fazendo, Reuben Cole?'

Ele riu. 'Vou me levantar, colocar minhas botas e ir junto com eles.'

'Não, você não vai,' disse Roose rapidamente, reconhecendo o feroz olhar suplicante de Maddie. 'Você nos atrasaria.'

'Você sabe que isso não é verdade. Sou o melhor rastreador de todo o condado.'

'Isso você é, mas não está em condições de ajudar. Eu posso lidar com isso.'

'Sim, tenho certeza que você pode, mas comigo cavalgando ao seu lado, nós lidaríamos muito melhor com tudo isso.'

Roose soltou uma rajada de fumaça. 'Não, Reuben. Não posso assumir esse risco. O médico disse—'

'É isso mesmo, Reuben,' cortou Maddie, 'o médico disse que você tem que descansar, que você não pode arriscar que a ferida se abra novamente. Você precisa se *curar,* Reuben.'

'Maddie,' disse Cole, fazendo o melhor para controlar seu temperamento, 'por que você não vai lá fora por um momento, conferir se os rapazes têm seus cantis bem cheios de água.' Ela o encarou. 'Por favor, Maddie.'

Ela desistiu da briga. Nada satisfeita, ela saiu com tudo, seu longo vestido se arrastando pelo chão, levantando mais nuvens de poeira.

Observando-a partir, Roose se virou para seu amigo. 'Ela parece bem preocupada com você, Reubs.'

'Ela sempre teve um lado mais gentil.'

Assentindo, Roose atirou seu cigarro ao chão e pisou nele com sua bota. 'Até onde eu saiba, vocês não se conhecem tão bem.'

'Bem, é verdade, Sterling. Que droga, você está com ciúmes ou algo assim?'

'Ciúmes? Não. Por que, eu deveria?'

'De jeito nenhum, velho amigo.'

'Bem, então tudo certo.' Ele ajustou o cinto. 'Pretendo levar esses vermes à justiça, Cole. Pode contar comigo.'

'Eu sei que posso. Isso não é sobre suas habilidades. Você sabe disso.'

'Lembra de 74, quando cavalgamos pela grande planície com Cougan.'

'Oh, Deus, por que você está pensando nisso?'

'Não sei. Me veio na cabeça outro dia, a memória. Tão clara. Quase como se eu estivesse vivendo ela de novo.'

'Bem, com certeza você não quer fazer isso.'

'Eu sei, mas...' Ele respirou fundo e sentou-se na cama ao lado de seu velho amigo. 'Esses bandidos, eles pegaram quase que o mesmo caminho. Isso me deixou pensando, só isso.'

'Pensando naqueles tempos, Sterling...' Ele balançou a cabeça. 'Eles não são sonhos, são pesadelos.'

'Recebi um relatório em um telegrama. É secreto, para ser honesto. Um grupo de comanches escapou de novo.'

'O que?' Cole se sentou, ignorando a dor, mas rangendo os dentes. 'Quantos?'

'Não sei. Meia dúzia. Algum jovem anda mexendo com as coisas, agitando alguns dos mais velhos. Eles roubaram um banco em uma pequena cidade a umas cinquenta milhas de El Paso. Mataram dois caixas e feriram uma mulher jovem.' Ele olhou nos olhos de Cole. 'Uma mulher grávida. Ela perdeu o bebê.'

Cole olhou para o lado e mordeu os lábios. 'Isso *nunca* vai acabar.'

'Existe uma possibilidade de os encontrarmos enquanto perseguimos os outros. Se isso acontecer...' Ele se inclinou para frente. 'Cole. Você se lembra daquela vez quando encontramos aquela casa deserta?'

Cole grunhiu e assentiu com a cabeça.

'Se lembra de como nós entramos? Se lembra de o que encontramos?'

'O que é que você está tentando dizer, Sterling?'

'Acho que eu não aguentaria passar por isso de novo.'

'Isso está te assombrando, não é?' Roose assentiu, incapaz de olhar no rosto de seu amigo. 'Então vamos conversar e colocar tudo para fora para banir esses fantasmas para sempre.'

CAPÍTULO OITO

As memórias voltaram, vívidas como se fossem do dia anterior. Cole ouviu intensamente, esquecendo-se do desconforto à medida que Roose retornava àquele momento trinta anos atrás quando eles chegaram àquele lugar deserto.

Roose cavalgou, abrindo um grande espaço, controlando o ritmo de seu cavalo, usando a alta relva como cobertura parcial contra qualquer um que pudesse estar observando da cabana. A uma distância de uns trezentos metros, ele mantinha o assentamento em sua visão, parando de vez em quando para dar uma olhada por seu binóculo de precisão alemão no agrupamento de construções. Ele viu Cougan indo pela grama, rifle em mãos. A vinte passos de distância, o grandalhão desmontou e agora marchava desafiadoramente, indo direto pela porta aberta da cabine, sem prestar atenção no que havia atrás do poço. Intrigado, Roose focou mais uma vez no que parecia ser uma pilha de roupas.

Até que ele viu um braço.

Ele soltou o binóculo de suas mãos e chutou o cavalo a meio galope, abrindo uma larga faixa através da grama, que balançava suavemente devido a uma quente brisa que soprava pelos campos.

Um grito, mais para um urro estrangulado, e Cougan apareceu na entrada da cabine, cambaleando como um bêbado, suas mãos vazias, o rifle havia sumido. Roose virou seu cavalo e saltou correndo, levantando sua carabina, e caiu sobre os joelhos quando se aproximou o suficiente, apontando sua arma para porta.

'Cougan?' Ele esperou que seu companheiro falasse ou se mexesse. Não houve uma reação perceptível, no entanto, apenas o balanço de um lado para o outro. O rosto de Cougan, cinza, parecia ter se transformado em pedra, boca e olhos abertos, mas sem vida. Ele parecia, Roose pensou com assustadora certeza, um fantasma. Morto.

Algo se moveu além do corpo inerte de Cougan. Uma forma, talvez de um homem. Roose atirou uma única vez na escuridão da cabine, a grande bala de calibre passou por sobre o ombro esquerdo de Cougan. Um grito abafado seguido por silêncio.

'Cougan?' Roose sussurrou novamente. Com mais urgência agora, enquanto preparava mais uma bala em sua Spencer e armava o martelo. Ele prendeu a respiração e se firmou. Esperando, sempre a parte mais difícil em um tiroteio, Roose tentava ouvir qualquer som de movimento vindo lá de dentro.

Nada.

Ainda agachado, Cole se aproximou da lateral da cabine pelo lado da montanha. Ele deitou de bruços depois de cerca de doze passos e deslizou para frente. O pacote de roupas atrás do poço chamou sua atenção e, dessa distância e desse ângulo, ele pôde ver claramente que se tratava de um corpo. Uma jovem mulher, contorcida em uma inconfundível posição de morte.

Cougan saiu pela porta e ficou cambaleando como um salgueiro. Cole rolou para longe, decidindo tomar os fundos da cabine. Alcançando o canto, ele ficou de cócoras e checou sua Winchester. Ele estava a ponto de se mover quando o estrondo da carabina de Roose o deteve e ele esperou, boca aberta, tentando ouvir alguma coisa.

Um baixo gemido veio de dentro da construção de madeira. Definitivamente um homem, possivelmente bem machucado.

Ou então uma arapuca, para atrair Roose para dentro.

Respirando fundo algumas vezes, Cole arriscou uma olhada pelo canto.

Havia um homem, ajoelhado na entrada do estábulo do outro lado do quintal dos fundos. Cole voltou a se esconder atrás da parede lateral da cabana. Ele esperou, os olhos bem fechados, relembrando a aparência do homem. Cabelos longos, camisa azul, calças de camurça. Um índio, possivelmente comanche ou kiowa. Ele arriscou outra olhada.

Além do pátio, eles estavam levando os cavalos a galope. Talvez meia dúzia de homens, alguns em suas próprias montarias, guiavam os animais amarrados pelos campos distantes, levantando muita poeira, já que ali a relva não estava na melhor das condições. Talvez os colonos, ou melhor, fazendeiros, tinham a deixado em pousio para a estação seguinte. Cole fechou a boca. Eles nunca mais cultivariam essa terra.

Ele arriscou mais uma olhada na direção do estábulo. Havia dois deles agora e, por enquanto, ainda não tinham o visto, então ele se voltou, se encostou contra a parede e esperou. Assim que eles saíssem de cobertura, ele também se moveria.

Ele não tinha como saber quantos mais deles estariam à espreita no assentamento. Ele tinha estimado que por volta de seis deles tinham ido com os cavalos. Relatórios diziam que por volta de uma dúzia de índios haviam fugido da reserva, então em algum lugar por ali haviam mais seis guerreiros. Se Roose tinha atingido um dentro da cabana, havia ainda cinco ou mais com quem lidar.

Cole pressionou a Winchester contra seu peito e conteve sua respiração. Comanches e kiowas eram os melhores em se mover silenciosamente. Era bem provável que eles já tivessem entrado na cabana pela porta dos fundos.

Então, prendendo a respiração, ele se moveu.

Sem nenhum movimento ou som vindo de dentro da cabana, Roose decidiu abaixar seu rifle. Cougan continuou a manter seu curioso movimento oscilante, mas Roose tinha quase certeza de que ele estava morto. Seu corpo encostado no batente da porta, a única coisa a mantê-lo de pé. Mas era o rifle de Cougan, que havia sumido, o que mais preocupava Roose.

De cabeça baixa, ele saiu de cobertura e correu meio agachado até o poço, se arremessando contra sua parede curva. Deste ângulo, ele tinha uma cobertura perfeita para proteger-se de qualquer um que quisesse atirar nele de dentro da cabana. Não do estábulo, no entanto.

Havia dois homens na entrada e eles também corriam.

Enquanto corriam, outro homem apreceu na entrada do estábulo, dando a eles cobertura com um arco parcialmente puxado.

Roose se jogou para a esquerda assim que a flecha atingiu a parede do poço e desviou para cima. Eles haviam o visto, acabando com suas chances de se mover.

Esperando, imaginando o índio com o arco preparando outra flecha, ele saltou de sua posição e deu três rápidos tiros na direção da abertura do estábulo. As balas acertaram madeira, lançando uma série de lascas no ar, mas nenhum grito, nem sangue. Virando sua Spencer novamente na direção da cabana, ele colocou três balas lá dentro. Esgotado, ele jogou sua carabina no chão e sacou sua Colt Cavalinho. Bem nessa hora, mais tiros vieram. Foi por pouco.

Cole saltou de sua cobertura, de pé, pernas afastadas, Winchester alinhada e três tiros foram na direção da área aberta entre os fundos da cabana e a porta do estábulo.

Ele os viu. Dois guerreiros, machadinhas em mãos, silenciosos como uma coruja voando em direção a sua presa.

Mais três tiros trovejaram da cabana e Cole respondeu, metendo tiros certeiros no homem que atirara. Cada bala acertou seu alvo, pegando primeiro um homem, depois o outro, bem no peito, arremessando-o para trás, e Cole meteu mais dois tiros em cada um deles, as cabeças em uma erupção vermelha e branca, fragmentos de crânio pelo ar.

Um homem saiu do estábulo, puxando um arco, e Cole atirou nele, derrubando-o como uma pedra.

O silêncio caiu, assustador, sobrenatural, e Cole se levantou e olhou a sua volta, entorpecido, impassível. Ele havia lutado contra comanches por muitos anos. Não era nada novo para ele. Ele sabia o que esses guerreiros eram capazes de fazer, sua implacável agressividade era quase lendária. Mesmo na morte, eles pareciam aterrorizantes.

Sons de passos vieram de dentro da cabana e Cole se virou, se ajoelhando com seu revólver na mão, a Winchester ao seu lado, descarregada.

A porta dos fundos da cabana permanecia fechada. Uma voz, que ele conhecia, chamou de dentro. 'Cole? Sou eu. Não atire.'

A porta se abriu lentamente e Roose estava lá, branco como a morte. 'A coisa foi feia, Cole.' Ele guardou sua Colt de volta ao coldre. 'Muito feia.'

Sem falar nada, Cole recolheu a Winchester e passou por seu amigo para o interior da cabana.

Levou um momento para seus olhos se ajustarem à mudança de luz.

Uma ampla sala, onde antes a família se sentaria juntos à mesa, comendo a ceia, dando risadas, o rigor de um dia de trabalho. Conversas comuns. Pai, trabalhador duro, resistente, forte. Seus dois filhos, desengonçados, ainda não totalmente crescidos. A esposa. Simples, mas determinada. Uma filha.

Cole reconhecia tudo isso. Ele podia vê-los.

A filha estava lá fora, próxima do poço. Ela deve ter se libertado e fugido para salvar sua vida. Uma flecha nas costas.

Foi assim que foi?

Ele não sabia como foi com a garota, mas sabia dos outros.

A esposa estava deitada de braços abertos sobre a mesa. Nua, seu corpo contaminado, sua boca aberta em um grito inaudível, feições contorcidas em dor. Depois de eles terem se fartado dela, abriram-na como um melão maduro com uma pesada lâmina Bowie, direto até seu peito.

Se eles tinham testemunhado tal coisa, os membros masculinos da família não poderiam tê-la ajudado. Os dois meninos estavam pendurados nas vigas pelos pés. Nus, o sangue escorrendo negro por seus corpos para se misturar a seus cabelos emaranhados.

Entre eles, escorado na fria lareira, o pai. Eles torceram seus braços para os lados e os amarraram ao manto, para fazê-lo parecer uma ave de rapina, pairando sobre os mortos. Cortaram suas mãos e seus pés, deixando-o sangrando em uma tormenta de horror, assistindo ao que sua esposa teve que aguentar, incapaz de ajudar.

'O que faremos?'

Cole se virou para seu amigo. Algo se passou entre eles. Uma tristeza, mas também uma aceitação. Eles chegaram muito tarde para ajudar essas pessoas e isso seria algo que os acompanharia pelo resto de suas vidas.

'Vamos enterrá-los,' disse Cole sem emoção, 'então queimamos esse lugar completamente.'

Roose limpou sua garganta, desviando os olhos dos horrores a sua volta. 'E Cougan?'

Grunhindo, Cole foi até o companheiro deles. A faca ainda se projetava de suas costas. Devia ser a mesma faca que usaram na mulher. Cole colocou uma mão firme contra as costas de Cougan e puxou a grande lâmina, a carne emitiu um som de sucção, em uma tentativa desesperada de segurar o frio metal. Saiu com um som nauseante. Cole empurrou Cougan para frente e ele caiu, como uma grande árvore, batendo com a cara no chão.

'Depois de enterrar todos, caçamos os outros'. Cole virou-se e encarou seu amigo. 'Sozinhos. Você e eu. E quando os pegarmos, faremos com eles o que eles fizeram com essas pobres pessoas.'

Os olhos de Roose se levantaram e ele sabia que seu amigo falava a verdade.

CAPÍTULO NOVE

'As coisas eram bem diferentes naquela época,' disse Cole após os dois dividirem as memórias de um quarto de século atrás. Ele olhou para longe, pensando naquelas imagens, o desejo ardente de vingança surgindo mais uma vez. 'Que droga, *eu* era diferente.'

'E agora está acontecendo de novo.'

'Não é a mesma coisa. Esses que fugiram da reserva não serão nada como aqueles outros.'

'Nunca chegamos a pegar o líder.'

'Ele morreu, ouvi dizer. Lobo Solitário. Alguém meteu um tiro nele e jogou seu corpo em um buraco em algum lugar do Novo México.'

'Você acredita nisso?'

Piscando, Cole franziu a testa e estudou seu amigo. 'O que você quer dizer?'

'Apenas que é muito estranho, só isso. Que esses outros—'

'Você não disse que era algum jovem que agitou as coisas, os persuadiu a fugir?' Roose assentiu. 'Bem, então não é Lobo Solitário. Mesmo que não tenha morrido com uma bala na cabeça, ele seria velho demais agora. Uma ruína cambaleante. Ele teria... bom Senhor, ele estaria perto dos noventa anos de idade.'

'Eles vivem por um bom tempo, ouvi dizer.'

'Não *tanto* assim, Sterling. E mesmo que ele ainda estivesse vivo, duvido que conseguiria montar um cavalo e cavalgar. Ele estaria velho e cansado *demais* para essas coisas.'

'Não é isso o que somos, Cole? Demais para essas coisas? Você acha que ainda temos o que é preciso?' Ele respirou fundo e algo estremeceu em seu peito, como pregos em um balde enferrujado. 'Tenho que lhe dizer, não tenho certeza. Talvez estejamos velhos demais para essas coisas, essa terra. Essa vida.'

Inconscientemente, Cole tocou a parte de trás de sua cabeça e seu grande curativo. Ele deu uma risada. 'Você deve estar certo nisso, Sterling, meu velho amigo. Você deve estar certo.'

Por um momento, a atmosfera depressiva bateu nos dois como se fosse algo vivo. Cole se esforçou para afastá-la, mas, assim que conseguiu, se ajeitou, as linhas ao redor de seus olhos se endurecendo. 'Sterling, deixe-me ir com você. Se você for lá nesse estado de espírito, não posso dizer o que pode—'

'*Não, Cole*! Eu já disse, você não está em condições de cavalgar por aí.'

'Oh, e você está? Eu levei uma pancada na cabeça, Sterling, mas você... O que você tem corta bem mais profundo do que qualquer coisa que tenha acontecido comigo.'

'Você fica na cama,' era Maddie, entrando no quarto depois de muito mais do que provavelmente estar os ouvindo do lado de fora. 'Você tem que descansar. Ordens do médico.'

'O médico pode ir para—'

'Não, ele não pode, Cole,' ela disse, aproximando-se. Ela pressionou a mão nos joelhos de Roose. 'Também não estou nada feliz com você indo, Sterling. É perigoso.'

'Ninguém mais está preparado para isso.'

'Não faz sentido.' Ela levantou a saia e sentou-se na cama. 'Então, eles invadiram a casa e levaram algumas coisas. Nada disso vale a morte de alguém.'

'Ninguém vai morrer,' disse Roose, mas ninguém ficaria convencido com seu tom de voz.

Maddie suspirou. 'Você é teimoso, Sterling. Teimoso e estúpido.'

'Você poderia esperar por mim,' sugeriu Cole, olhando de um para o outro. 'Dessa forma, poderíamos rastreá-los juntos, e se houvesse alguma luta eu poderia—'

'A pista estará fria até lá' disse Roose, balançando a cabeça mas sem olhar nos olhos de seu amigo. 'Tem que ser agora. Se eles escaparem, eles voltarão. A sua não é a única casa cheia de tesouros.'

'Difícil chamar isso de tesouro, Sterling.'

'Você sabe o que quero dizer. Se os deixarmos ir, todos os jovens delinquentes daqui à Cidade de Carson vão pensar que podem simplesmente vir até aqui e fazer o que quiserem. Tenho que achá-los e levá-los à justiça. Você sabe disso, Cole.'

Cole grunhiu, olhou para Maddie e, encolhendo os ombros, ergueu as sobrancelhas em concordância.

Ela permaneceu de braços cruzados, assistindo-os partir, deixando a terra de Cole, pela velha trilha do norte. Ela assistiu até que eles fossem pequenos pontos e, mesmo assim, ela continuou onde estava, desejando que fosse tudo um sonho, que acordaria e descobriria que tudo estava como deveria estar. Seguro. *Normal.*

'Ele vai ficar bem.'

Virando-se, ela olhou para o largo corredor, onde Cole estava, parado como uma rocha, uma mão estendida para se apoiar na balaustrada.

'Queria poder acreditar em você.'

'Não é mais como era antes,' ele disse, tentando ao máximo tranquilizá-la. 'Muitos anos atrás, quando estávamos lá fora, o mundo era diferente. Uma terra selvagem e indomável, com perigos em todos os cantos. Não é mais assim.'

'Eu ouvi vocês e o que estavam dizendo. Houve uma fuga.'

'Sim, mas mesmo isso não é nada—'

Maddie levantou sua mão e o interrompeu. 'Eu ouvi. Os tempos são outros. Mas ainda acho que não consigo relaxar.' Mais um olhar no horizonte, então ela virou-se e caminhou diretamente a ele, tomando seu rosto em suas mãos e beijando-o. 'Você deveria estar na cama.'

'Se você vier comigo.'

Inclinando a cabeça, ela não pôde evitar um sorriso. 'Você acha que dá conta?'

'Ajude esses velhos ossos a subirem as escadas e vou lhe mostrar.'

CAPÍTULO DEZ

Eles montaram acampamento no fundo de uma grande depressão, onde árvores de acácia davam uma adequada sombra, e havia grama e água para os cavalos. Partindo biscoitos e bacon, Notch logo tinha um fogo aceso, onde ele misturou e fritou a comida. O cheiro fez com que todos eles salivassem. Notch serviu café para todos e eles beberam com gosto.

'Como você está agora, Sollo?' perguntou Pete, encostado em uma grande árvore, alongando sua perna com uma expressão de total deleite em seu rosto.

'Estou bem.' Ele mexeu seu ombro, para reforçar suas palavras. 'Estamos a poucas horas de Lawrenceville, mas é melhor estarmos descansados e alimentados antes de irmos. Quero todos nós em alerta, rapazes.'

Notch ergueu os olhos enquanto mexia nos biscoitos e na gordura, 'Por que diz isso? Esperando problema?'

Soloman deu de ombros. Ele deitou-se de costas, chapéu sobre os olhos, braços atrás da cabeça. Seu estômago roncou alto. 'Talvez. Não confio em Kestler tanto assim.'

'Achei que você tivesse dito que conhecesse ele de anos atrás?'

'Eu o conheço. Mas isso não faz ele ser menos cobra do que é. Ele nunca foi totalmente confiável.'

'Então por que você se associou a ele?' perguntou Pete, incrédulo.

'Sim,' disse Notch, com um resmungo, 'nos custou a vida de Peebie, não foi. Valeu a pena?'

Um pesado silêncio caiu sobre eles, o chiar da gordura na frigideira era o único som audível. Notch cozinhava sem entusiasmo. 'Isso nunca deveria ter acontecido. Você disse que a casa estaria vazia.'

'Kestler *me disse* que estaria vazia.'

'E você acreditou nele.'

'Eu não tinha motivos para duvidar.' Soloman sentou-se, o rosto vermelho de raiva. 'Entenda isso, Notch, a morte de Peebie não foi minha culpa.'

'Nunca disse que foi.' Notch mudou de posição, seu humor sombrio, sinistro. 'Está pronto. Queria que tivéssemos um pouco de pão.' Ele distribuiu punhados de biscoitos e bacon sobre pratos de lata e os serviu. Pete pegou o seu sem cerimônia e imediatamente começou a colocar gigantescas colheradas para dentro. Soloman pegou seu prato com muito mais fineza, acenando um agradecimento, e comendo em seu tempo.

'Eu estava no saloon Moeda da Sorte', disse Solomon, sem olhar para cima. 'Estava passado um bom tempo lá bebendo e apostando. Peebie estava indo melhor que qualquer um de nós e tínhamos dinheiro suficiente para acharmos um barracão, com comida e uma ou duas prostitutas. Na terceira manhã, Kestler chegou. É um homem grande, e parecia que ele enchia a lugar. Todos se calaram. Ele foi até o bar, pediu uísque para ele e seus rapazes, e então me notou. Sorrindo, ele veio e colocou seu copo na minha frente. Disse que estava feliz de ter trombado comigo, que eu deveria beber a sua bebida. Eu estava com meus últimos centavos. Acho que ele sabia disso. Eu bebi e seu sorriso ficou ainda maior. Ele disse que tinha um negócio que queria discutir comigo, já que nos conhecíamos há tempos.' Soloman brincou com um amontoado de biscoito e gordura que tinha se solidificado. Ele o observou por um longo tempo antes de comê-lo. Lambendo os lábios, ele empurrou o prato vazio para o lado e deitou-se de costas de novo. 'Nós tínhamos nos conhecido uns anos antes, levando um dos últimos grandes rebanhos de gado para Wyoming. A ferrovia se provou muito mais rápida depois, deixando muitos de nós de fora dos negócios. Mas nessa última viagem, Kestler e eu nos aproximamos. Ele estava fazendo dinheiro vendendo aquela carne, muito dinheiro mesmo. Disse que se tornaria xerife, ou até mesmo delegado, de uma cidade da fronteira chamada Lawrenceville. Bem, ele tinha praticamente feito isso se tornando o policial de lá. E aí, lá estava ele, me contando seu plano.'

Notch empurrou seu prato para o lado. 'Arrombar aqueles velhos casarões?'

Soloman resmungou. 'Havia riquezas em abundância – eram palavras dele. *Em abundância.* Aparentemente, ele estava pegando um dessas moças que limpam as casas de vez em quando e ela disse tudo o que ele precisava saber. Você acredita nisso, ela até mesmo fez retratos.'

'Retratos?' Pete riu, limpando a boca com sua manga. 'Advinha, eu vi eles. Fotografias é como elas são chamadas. São iguais as pinturas, mas sem as cores.'

'Isso mesmo,' disse Soloman. 'Ele me mostrou algumas tiradas da casa que nós invadimos. Ele disse que queria os grandes vasos e as pinturas. Disse que eram os mais valiosos, mas também havia

estatuetas de porcelana. Da Alemanha. Ele as queria. Nós deveríamos ser super cuidadosos e nós–'

'Você nos disse tudo isso,' disse Notch, soando irritado. 'Mas isso
não evitou que Pete quebrasse aquele grande e velho vaso azul,
não é.'

Com isso, Pete levantou o olhar, com gordura escorrendo pelos
cantos de sua boca. 'Notch, isso foi o Peebie.'

'Minha bunda,' cuspiu Soloman. 'Eu sabia que foi você.'

'Foi o cara vindo do jeito que veio, nos pegando de surpresa.
Achei que a casa estava vazia, como você disse que estaria! Aí, ele
atirou no Peebie e tudo... Eu só queria sair de lá o mais rápido
que pudesse.'

'Você disse que não sabia quem aquele cara era, não é, Sollo?'
perguntou Notch. 'Kestler sabia?'

'Não. Kestler não me deu nome nenhum, só me disse para
arranjar uns rapazes, invadir e sair. Então, fazer o mesmo com as
outras duas casas. Ele me desenhou um mapa. Tinha tudo
planejado.'

'Reuben Cole. Se eu soubesse antes... Acho que eu não teria
concordado com nada disso. Índios chamam-no de 'Aquele Que
Vem'. Sabe por que?'

'Não tenho a mínima ideia do que você vai me dizer.'

'Porque ele nunca para.'

'Nunca para o que?'

'De te caçar até que você esteja morto e enterrado bem fundo.'
Ele estremeceu. 'Se eu soube antes...'

'Você está paranoico,' cuspiu Soloman. 'Ele está morto. Eu te
disse.'

'Você não sabe isso – como *eu te disse*!'

'Ah...' Soloman se virou para o lado. 'Kestler não estava preocupado, de qualquer jeito. Disse que iria recrutar outro bando para fazer o mesmo mais ao norte.'

'Outro bando? O que é isso, Soloman? Você nunca disse nada sobre outro bando!'

'Calma, Notch,' disse Soloman, virando-se novamente e ajeitando o chapéu sobre os olhos. 'Não vamos entrar em contato com eles. Eles estão no norte, eu disse.'

'Mesmo assim, não gosto da ideia de ter que dividir.'

'Bem, o que quer que aconteça agora,' disse Soloman, sua voz soando cansada, quase conformado, 'temos muito a explicar. Um, não temos vasos, e dois, nunca chegamos nas outras casas. Kestler não vai ficar muito feliz com isso.'

'Mas a morte de Peebie mudou tudo,' disse Pete, baixo.

'Com certeza,' disse Soloman, 'mas duvido que Kestler veja as coisas dessa forma.'

'Eu juro, me desculpo terrivelmente por aquele grande vaso velho. Você acha mesmo que ele vai ficar bravo?'

'Mais do que bravo,' disse Soloman. 'Ele vai ficar furioso.'

CAPÍTULO ONZE

Na maioria das manhãs, Lange Givens saía por sua grande varanda coberta e contemplava suas terras. Ele fechava os olhos e respirava fundo, dando graças a Deus pelos muitos benefícios concedidos a ele. Era uma espécie de ritual para ele e, se por algum motivo, se esquecesse ou se omitisse de enviar suas orações ao cosmos, a culpa o consumiria pelo resto do dia. Vale ressaltar que ele raramente se esquecia. Um homem de rigorosos hábitos, poderia-se dizer, ao vê-lo toda manhã, que ele era obsessivo. Nesse dia em particular, sem pensar, ele saiu pela porta principal e sorriu à medida que sentia o calor em sua pele. Seus olhos estavam fechados. Quando os abriu, seu sorriso desapareceu.

Cinco cavaleiros, em uma linha escura, estavam no horizonte distante, movendo-se devagar mas sem dúvidas em direção à sua terra.

Eles atravessavam terras cercadas há mais de trinta anos. Givens havia reivindicado essas terras meia vida atrás, tinha trabalhado e suado muito para transformá-la no extenso rancho que era agora. Para ganhar acesso, aqueles intrusos devem ter invadido pela cerca perimetral que demarcava onde acabava o campo e come-

çava seu rancho. Eles haviam-no chamado de lavrador anterior-
mente. Agora chamavam-no de 'Sr. Givens'. Aqui, ele era a lei.
Apesar das grandes promessas de mudanças do século XX para o
país, esse lugar em particular estava preso a dias mais antigos.
Givens nem mesmo possuía um telefone.

Talvez ele deveria.

Dando meia volta, ele entrou. Passando um tempo na sala de
jantar, arrumando a mesa para o desjejum, velho Shamus ergueu
o olhar e viu algo estranho no comportamento de seu mestre. Ele
ficou tenso. 'Problemas, Sr. Givens?'

Givens, abrindo o armário de armas, tirou uma carabina de repetição Henry e carregou-a com a mesma precisão metódica que
ele sempre tinha quando lidava com armas de fogo. 'Pode ser.'

Sem uma palavra, Shamus foi até o mesmo armário e pegou um
rifle. Nenhuma palavra se passou entre os dois homens, mas
quando sua esposa saiu do quarto do primeiro andar, bocejando,
esfregando os olhos, e os viu, a atmosfera mudou. 'O que é isso?'

Givens mexia na alavanca de sua Henry. 'Não sei. Cavaleiros.
Devem ter invadido pela cerca e estão vindo nessa direção.'

'*Cavaleiros*? Você quer dizer foras da lei?' Um grito estrangulado
saiu de sua garganta e ela tapou a boca com a mão.

'Vá para seu quarto,' ele disse, voz em controle. Confiante e
forte. Como ele sempre era. 'Tranque a porta e não abra para
ninguém.'

'Oh não, Lance, e se eles...'

Ele forçou um sorriso, mas não era totalmente convincente.
'Deborah, tranque a porta. Há uma Colt em meu guarda-roupas.
Está carregada. Use-a se você precisar.'

'Melhor fazer o que Sr. Givens diz, senhora.' Shamus carregou
sua arma. 'Vou lhe dar cobertura do primeiro andar.'

Grunhindo, Givens ia voltar para fora, mas antes certificou-se de que sua esposa estava fazendo o que ele havia comandado. Viu sua camisola desaparecendo nos últimos degraus da escada e então suspirou. Ele foi para o lado de fora.

Havia apenas três homens agora. Ele piscou algumas vezes. Ele sabia que não tinha imaginado a quantidade original e essa mudança o preocupava. Pensando que os outros deviam ter circulado para a parte de trás da casa, ele checou cada lado, mas não viu nada. Eles moviam-se rápido. Especialistas.

Ele se abaixou sobre um joelho e posicionou o cano da Henry sobre a balaustrada da varanda. E então os deixou vir. Eles cavalgavam altos em suas selas, costas retas como varetas. À medida que se aproximavam, ele soltou um assovio.

'Índios,' ele murmurou para si mesmo.

O do meio era jovem, muito mais novo que seus dois companheiros, que eram velhos homens grisalhos, rostos bronzeados e duros como couro, as marcas da idade bem visíveis em suas peles esticadas. Um deles usava uma cartola, da qual saía uma grande pena preta. O outro tinha cabelos longos. Ambos vestiam velhos casados do exército, a tinta azul havia desbotado em um cinza opaco. O mais jovem usava uma camisa branca enfiada em jeans pretos passados. Um rosto esculpido em granito, suas feições determinadas. Todos os olhos brilhavam em alerta, checando por todos os lados, verificando qualquer sinal de perigo.

A vinte passos eles frearam, os cavalos bufando furiosamente. Havia sido uma longa jornada.

'Olá,' disse o jovem, colocando o dedo indicador na testa. 'É mesmo uma bela manhã.'

'Você está invadindo propriedade,' disse Givens, mantendo o rifle apontado para o jovem que, ele suspeitava, era o líder.

'Oh,' disse o homem de branco, virando-se em sua sela, olhando para cada um de seus companheiros surpreso. 'Eu não sabia disso. Pensamos que—'

'Essa é minha terra. Vocês devem ter quebrado a cerca para ganhar acesso.'

Inclinando a cabeça, o homem de branco balançou a cabeça, 'Não, não, eu posso garantir para você, não quebramos nada, senhor.'

'Então como vocês conseguiram entrar?'

O homem riu. 'Bem, havia uma abertura em sua cerca. Nós assumimos que—'

'Não havia abertura. Eu verifiquei todo o perímetro ontem ao anoitecer. É uma espécie de rotina. Meus homens e eu.'

Esse último ponto não passou despercebido pelos outros. Eles ficaram tensos e os mais velhos resmungaram e olharam a seu redor, agitados. O homem de branco, no entanto, não permitiu que seu olhar mudasse um centímetro. 'Vocês e seus homens?' Ele acenou. 'E onde eles podem estar agora?'

'Senhor, isso não lhe importa. A *única* coisa que lhe importa é vocês saírem de minha propriedade.'

'Como eu disse, nós não sabíamos que essa terra era—'

'Bem, vocês sabem agora, então corram!' Para dar mais ênfase às suas palavras, ele puxou o martelo. 'Agora.'

'Isso é muito hostil de sua parte, senhor. Muito hostil.'

O grito veio antes, pertencia a Deborah, um som penetrante e cheio de terror, seguido por um único tiro. 'Shamus' uma voz gritou, 'Oh, não, *por favor não*!' e então vários tiros de armas de pequeno calibre.

Givens instintivamente se levantou e virou na direção dos tiros.

O homem de branco atirou na cabeça de Givens pelas costas e estava tudo acabado.

Os outros gritaram, pularam de seus cavalos e entraram na casa. Tomando seu tempo, o homem de branco desmontou, tirou alguns sacos de trás de sua sela e caminhou até a varanda. Givens, em seus pés, tinha o rosto pressionado contra o tablado de madeira, olhos bem abertos, o sangue se espalhando ao redor da cabeça. O homem de branco se abaixou e tomou a Henry das mãos sem vida de Givens, baixou o martelo e entrou na casa.

Após se servir de um pouco de café recém feito, o jovem foi até o pé da escada. Os gritos de uma mulher em perigo chegaram a ele. Ele gritou, 'Rapazes, deixem de diversão e venham aqui ajudar a pegar as coisas.' Um dos homens lá em cima resmungou, o outro riu. Um único tiro deu fim aos gritos da mulher.

Eles desceram, sem fôlego, um deles colocando a camisa para dentro da calça, sorrindo orgulhoso. 'Nossa, ela era uma beleza!'

'Aqui,' o homem de branco arremessou um monte de sacos na direção dos homens. 'Temos que ser rápidos. Ainda está cedo, mas ele tem vizinhos e eles devem ter ouvido os tiros. Por que não usaram uma faca?'

'O velho nos ouviu, tentou atirar em mim.'

'Aí você meteu meia dúzia de tiros nele?'

'Não sei o que meia dúzia é, Brody, mas eu atirei até ele ficar em pedaços, se é isso o que você quer dizer?'

O homem de branco, identificado como Brody, deu de ombros e deu as costas ao grande índio. 'O que você fez provavelmente acordou todos dentro de um raio de cem quilômetros quadrados, e logo eles estarão vindo nessa direção para investigar.' Balançando a cabeça, ele caminhou até o que ele acreditava ser uma biblioteca, dado o grande número de livros nas paredes. Ele virou-se e encontrou o olhar fixo de seu companheiro. 'Sr. Kestler quer joias e prataria, então pegue-as. Os outros já estão trabalhando e você está aqui, desperdiçando tempo – agora *mova-se*.'

Ignorando o olhar de ultraje do outro, Brody entrou na biblioteca e maravilhou-se com o aprendizado contido em tantos volumes de couro. Com a mão no bolso, ele pegou a lista que a ele havia sido dada. Observando-a, não viu menções a livros, o que, para ele, era um crime. Na mesa, no entanto, estava um item que ele poderia riscar da lista. Uma estatueta perfeita de um casal aproveitando uma caminhada à tarde. Duas exóticas figuras de porcelana, o homem usava um chapéu tricorne, a moça de branco, vestido florido, a estampa no tecido lindamente trabalhada. Broody balançou a cabeça fascinado. A habilidade e arte para produzir uma miniatura tão esplendorosa como essa era algo que ele podia admirar.

Ele se deliciou com as outras maravilhas que esperavam por ser descobertas naquela casa.

CAPÍTULO DOZE

R oose e seus homens encontraram a trilha com relativa facilidade. Todos os três eram rastreadores experientes, mas Nelson Samuels era o mais talentoso. Foi ele quem encontrou os sinais antes dos outros. 'Eles estão indo em direção a Lawrenceville, isso é certo.'

'Meio dia de cavalgada daqui. Vamos alcançá-los se continuarmos.'

'Os cavalos precisam de descanso.'

'Eles podem descansar depois que alcançarmos aqueles vermes.' Roose inconscientemente checou seu revólver em sua cintura. 'Estamos próximos deles e não vamos deixá-los escaparem.'

'Você disse que iríamos pegá-los, Sterling, e não *matá-los*.'

'Você pode voltar se quiser,' disse Roose. 'Você vai receber pelos seus serviços.'

'Não há necessidade de dizer isso, Sterling. Estou aqui para fazer um trabalho, mas não sou um assassino.'

Roose zombou, 'Nem eu.'

O grandalhão chamado Cougan esticou as costas. 'Você fez isso com meu papai, não foi, Xerife?'

'Fiz sim.'

'Vocês era caçadores de homens na época, ouvi dizer?'

'Isso não é a mesma coisa.'

'Bem, então...'

'Bem, então *o que*?' Roose virou-se para o filho de seu velho amigo, seus olhos brilhando perigosamente. 'Eles quase mataram Reuben, invadiram sua casa, violaram as memórias dele e de seu pai! E quantas outras casas eles invadiram? Me responda isso?'

'Não sabemos isso, Sterling,' disse Samuels. 'Não sabemos nada sobre esses idiotas.'

'Eu sei que eles tentaram matar Reuben. Se os deixarmos ir, estaremos enviando um sinal para cada vagabundo daqui até Missouri vir aqui e pegar o que quiser!'

'Não estou dizendo para não os capturarmos, ou deixá-los para lá, Sterling. Vamos trazê-los e levá-los para julgamento, isso é o que eu quis dizer.'

'E se eles resistirem?'

Samuels deixou a pergunta sem resposta. Ele deu de ombros e desviou do olhar acusador de Roose.

'Então os matamos,' disse Ryan Stone em um tom monótono, sem emoção.

Roose grunhiu, sacudiu as rédeas e seguiu em direção a Lawrenceville.

Quando Roose estava distante o suficiente para não ouvir, Samuels cutucou Stone no braço. 'Você está nessa, Ryan? Matar esses homens a sangue frio?'

'Caramba, Sr. Samuels, é como Sr. Roose disse – eles quase mataram Sr. Cole. Eu digo, vamos matá-los, então eu posso reclamar recompensa. Que droga, podemos ficar ricos.'

'Ou acabar no inferno.'

'O Inferno não põe comida na mesa, Sr. Samuels.'

'Ele tem um ponto,' disse Cougan. Ele guiou o cavalo atrás de Stone e Roose, olhando para o horizonte.

Samuels os observava em silêncio. Demorou um bom tempo até que ele também entrasse na fila.

De seu ponto de vista, em um alto penhasco, Stone tinha uma ininterrupta linha de fogo enquanto os três ladrões vagavam pelo campo aberto.

'Você consegue atirar neles nessa distância?'

Stone olhou Roose de lado. 'Consigo atirar, mas não tenho certeza se consigo matá-los.'

'E você, Cougan?'

O grande batedor negro empurrou o chapéu para trás e assobiou silenciosamente. 'Eu só conseguiria acertar um deles, na melhor das hipóteses. Os outros se assustariam e correriam como se estivessem pegando fogo na direção da cidade.'

'Eles avisariam a todos que estamos chegando,' adicionou Stone.

Roose rolou e deitou de costas, observando o céu. 'Tudo bem, nesse caso nós podemos esperar até que eles saiam da cidade. Minha suspeita é que eles vão se encontrar com alguém lá, vender o que conseguiram, então ir embora.'

'Quem vai comprar?' pergunto Samuels, usando os binóculos de Roose para estudar os três assaltantes.

'Meu palpite é Kestler. Nada acontece em Lawrenceville sem sua autorização. Ele tem aquele lugar amarrado mais forte do que um foguete de Quatro de Julho.'

'Kestler não é flor que se cheire. Você sabe disso.'

'Eu sei, por isso que eu digo para esperarmos até que saiam. Há apenas duas saídas possíveis. Leste ou oeste. A fronteira ao norte é bloqueada pelas montanhas. Leste é a que sai por aqui, e não acho que eles tomarão esse caminho pelo medo de estarem sendo seguidos.' Ele riu com isso. 'Oeste é a única opção deles, então vamos para lá, preparamos uma emboscada e esperamos.'

'E ao sul?' perguntou Stone, sem tirar os olhos das lentes.

'No sul tem uma grande planície com pouca água e nenhuma sombra. Tem que ser oeste.'

'Então não atiramos neles agora, Sr. Roose?'

Sorrindo, Roose estudou seus jovens e ansiosos atiradores. 'Não, Ryan. Atiramos neles quando eles saírem.'

'Você está louco,' disse Samuels, abaixando os binóculos e balançando a cabeça aflito. 'Você já está decidido quanto a matá-los, não é.'

'Eu não decidi nada. Ainda não.'

'Claro que decidiu.' Ele olhou para os outros. 'Vocês todos decidiram! Meu Deus, nunca pensei que chegaríamos a esse ponto.'

'Eu também não, Nelson, mas chegamos. O que tem de ser feito tem de ser feito.'

'Matá-los, como cachorros? E sem um julgamento? É isso o que devemos fazer?'

'Já passamos por isso, Nelson. Pode deixar os tiros comigo, Cougan e Ryan, se isso ajudar com sua consciência.'

'*Ajudar a minha...* Sterling, está ouvindo o que você está falando? Consciência? O que você está planejando fazer aqui é assassinato. Nada mais, nada menos.'

'Acha que aqueles rapazes pensariam duas vezes antes de matar Cole? *Eles* não tem consciência, por que eu deveria ter?'

'Porque você é um *homem da lei*, Sterling. Ou pelo menos eu pensei que você fosse! Não estamos mais nos velhos tempos. Estamos no século XX. Temos leis, e homens como você deveriam reforçá-las, não corrompê-las.'

'Falou o pregador.'

'Você está fora de si, Sterling.' Samuels arremessou os binóculos e se levantou. 'Não serei parte disso.'

'Sente-se, Nelson,' disse Roose, se sentando, seu revólver se materializando em sua mão. 'Não podemos ter você saindo por aí. Não agora. Estamos muito próximos.'

'O que, você vai atirar em mim, é isso?' Ele apontou para as figuras que sumiam a distância lá embaixo. 'Seu tiro vai alertá-los, Sterling. Você não quer isso, quer?'

'Eu disse *sente-se*, seu velho saco de vento. Se eles ouvirem ou não, eu não me importo. Atiro em você agora mesmo se eu quiser.' Ele puxou o martelo com determinação. 'Sente-se até que eles estejam fora de vista, aí você pode nos abandonar.'

'Xerife,' interrompeu Cougan rapidamente, 'você atira nesse velho policial e aqueles bandidos vão disparar, com certeza.'

Samuels, ignorando, virou-se para ver Stone encarando-o, o mesmo olhar despreocupado nos olhos. 'Você vai apenas ficar aí, Ryan, e não dizer nada?'

'Nada a dizer, Sr. Samuels. Eu quero a recompensa, simples assim. E se você voltar pra casa, aí sobra mais para mim e para Cougan. Sr. Roose não leva nada, ele é a lei. Ficarei sentadinho.'

'Com sangue em suas mãos!'

Stone deu de ombros, suspirou, e se ajeitou. 'Meu pai morreu no último inverno, seu peito cheio de sangue e pus. Mamãe nunca superou. Como uma senhora de idade que ela é. Mary, minha irmã mais velha, ela tenta ao máximo aguentar a barra, mas Belinda, nossa mais nova, não está nada bem também. O médico disse que ela tem o mesmo que meu pai tinha.' Ele fungou, passando as costas da mão pelo nariz. 'Tenho que fazer o que posso para ajudar minha família, Sr. Samuels. Você vá para casa se precisar, mas eu tenho uma oportunidade de fazer a diferença para aqueles que amo, e vou fazer.'

Olhando para baixo, incapaz de responder a esses argumentos com alguma convicção, Samuels abaixou os ombros. Ele virou-se para Roose e acenou com a cabeça. 'Guarde sua arma, Sterling. Irei assim que eles estiverem longe o suficiente.'

Roose aquiesceu e guardou sua New Model Police no coldre. 'Daremos a eles meia hora, então damos a volta até a fronteira oeste, e nos preparamos nas pedras.'

'E se ele contar para as pessoas na cidade o que estamos querendo fazer?' demandou Cougan, de pé em sua impressionante altura, agitado, respirando irregularmente.

Desse ângulo, Roose pensou que ele lembrava muito seu pai e, mais ainda, parecia tão cabeça-dura e imprevisível quanto ele. 'Ele não vai', disse baixo.

'Não podemos assumir esse risco.'

'O que você está dizendo exatamente, Cougan,' cuspiu Samuels. 'Eu disse que tudo o que quero é voltar, não fazer parte disso. Não vou contar nada para ninguém.'

'Para sua esposa você vai, todos sabemos. Você corre para suas saias como se fosse filho dela. Você vai tagarelar para ela e ela vai contar para todo mundo.'

'Espere aí, Cougan, 'disse Roose perigosamente. 'Se Nelson diz que não vai contar, ele não vai contar.'

'Não tenho certeza disso,' grunhiu o grandalhão, então pegou sua grande faca Bowie em sua cintura. A lâmina brilhava. Ryan Stone deu um grito e correu de costas à medida que o grandalhão avançava, preparando-se para cortar a garganta de Samuels.

Antes que qualquer um deles pudesse pensar, Roose se moveu. Passando um braço em volta da mão de Cougan que segurava a faca, ele acertou as costas dos joelhos do grandalhão com o pé. À medida que Cougan se contorcia para tentar se libertar, Roose enfiou sua própria faca nas costas do homem, cortando para cima, a lâmina atingindo órgãos vitais, perfurando os pulmões e o coração. O sangue escorreu sobre seu punho e ele continuou, enfiando ainda mais fundo até que ele sentisse a força deixando o corpo de Cougan. Roose o soltou.

Sem emitir um som, Cougan caiu no chão, morto.

Os outros ficaram boquiabertos com o que havia acontecido, horrorizados com a rapidez da morte de Cougan. Roose deu um passo para trás, respirando com dificuldade, olhando o cadáver com ódio. 'Ele com certeza herdou todos os péssimos hábitos de seu pai.'

Com o rosto pálido, Stone conseguiu balbuciar, 'Nunca vi nada assim. O que fazemos agora?'

'Enterrá-lo,' disse Samuels. Ele parecia abalado, o rosto sem cor.

'Não. Deixo-o para os urubus,' disse Roose. 'Não vou mais perder tempo com ele.'

'Sterling, pelo amor de Deus, você tem que—'

'Eu não *tenho* que fazer coisa alguma, Nelson, exceto o que eu vim fazer aqui. Agora deixe disso.'

Fim de conversa, Roose voltou a seu lugar, puxando o chápeu sobre os olhos e esticando suas longas pernas.

Stone olhou incrédulo para Samuels, que simplesmente deu de ombros, se jogou em cima de uma grande rocha e colocou a cabeça em suas mãos.

Ninguém falou quando, menos de uma hora depois, Roose e Stone montaram seus cavalos e começaram a cruzar a cordilheira até a fronteira oeste da cidade de Lawrenceville. Samuels, depois de dizer algumas simples palavras sobre o corpo de Cougan, cavalgou na direção oposta sem olhar para trás.

Ele viajou a uma boa velocidade, calculando que só precisaria acampar por uma noite antes de voltar para sua esposa em sua casa, com uma boa e saudável refeição. Sem dúvidas, ela estaria cheia de questionamentos, e Samuels já havia pensado em alguns possíveis cenários enquanto vinha pela trilha. A morte de Cougan o perturbava. Ele sabia que Roose tinha salvado sua vida, mas aquela violência toda o chocou, o deixou entorpecido, forçando-o a questionar a sanidade do Xerife. Ele havia testemunhado uma selvageria nos olhos de seu velho amigo, uma perda de controle. Na mesma medida, agradecia a Deus por isso. Cougan teria lhe assassinado em um piscar de olhos e o teria feito com menos consciência do que Roose havia mostrado. Um tremor percorreu seu corpo. Era melhor esquecer tudo isso, o mais rápido que ele pudesse. Seu único medo agora era que sua esposa de alguma forma conseguisse tirar isso tudo dele.

Imerso em seus pensamentos, ele não percebeu os cinco cavaleiros vindo em sua direção.

Quando ele percebeu, já era muito tarde.

CAPÍTULO TREZE

Talvez a característica mais proeminente da cidade fosse a estação de trem. Duas filas, uma sala de espera, um teto de ferro forjado e, naquele momento, uma enorme locomotiva soltando vapor a espera da partida, um homem enchendo o tanque de água. O motor pulsava, batendo como o coração de uma besta pré-histórica. Soloman puxou seu cavalo e respirou o vapor. 'Não sei o que é, mas esse cheiro faz com que me sinta em casa.'

Notch riu. 'Não é uma casa que eu gostaria de visitar.'

'Notch, eu não te convidaria, de qualquer jeito.' Soloman cheirou. 'Quando foi a última vez que você se lavou?'

'Na manhã de natal, como sempre. Não vejo motivos para lavar meus óleos naturais, Sollo. É o que me protege das doenças.'

'Bem, você já passou do ponto, meu velho amigo. Eu acho que quando isso tudo acabar, vamos para um quente e convidativo bordel, e relaxar em uma banheira cheia de chiques perfumes franceses.'

'Caramba,' gritou Pete, arrancando o chapéu e batendo na coxa com ele. 'Gostei de como isso soa, cacete! Você acha que Kestler vai nos dar dólares suficientes para isso tudo, Sollo?'

'Mais que suficiente. Ele vai ficar furioso em relação ao vaso, mas o resto vai animá-lo.'

'Esperemos que sim,' disse Notch, não muito convencido, lançando um olhar zombeteiro de soslaio para Pete.

Eles afastaram-se lentamente do rugido da locomotiva e abriram caminho pela Rua Principal.

A base de operações de Kestler não precisava de uma placa de sinalização para ser identificada. Próximos ao primeiro saloon, eles chegaram a uma grande loja de mercadorias, que ostentava a legenda 'R KESTLER & Co'. Sob a sombra de um toldo, três pistoleiros apoiavam-se contra a balaustrada da varanda, mastigando tabaco ou fumando, parecendo entediados. Eles se ajeitaram à medida que Soloman e os outros chegavam.

'Olá,' disse Soloman.

Os pistoleiros não disseram uma palavra.

Soloman se remexeu em sua sela, o couro rangendo. Examinando a rua, ele notou como estava bem quieta. Poucas lojas ainda estavam abertas, nenhuma delas com muitos clientes. Era o começo do anoitecer, o ar abafado com o calor. Talvez fosse esse o motivo. Ele viu o olhar febril de Notch e tentou novamente. 'Estou procurando pelo Sr. Kestler. Ele está?'

'Não.'

Isso veio do mais alto dos três homens. Ele se inclinou sobre a balaustrada e cuspiu próximo ao cavalo de Soloman. O animal bufou e bateu sua pata.

'Você sabe onde eu posso encontrá-lo?'

'Não.'

Ele havia tentando. Amistoso, educado. Nada disso era fácil para Soloman, mas ele havia feito o seu melhor. Ele trocou mais um olhar com Notch e sacou seu revólver em único fluido movimento. 'Então faça o melhor para se lembrar, rapaz, antes que eu coloque um buraco tão grande em você que aquele trem novo na estação poderia passar através dele.'

Os três pistoleiros ficaram boquiabertos com a audácia de Soloman. O mais alto tentou ao máximo dar uma risada, mas nada saiu exceto um gemido engasgado.

Notch e Pete sacaram suas armas.

Soloman sorriu. 'Estou esperando.'

'Não há necessidade disso, Soloman.'

Meia dúzia de pares de olhos se fixaram onde uma voz de barítono surgiu. Um homem vestindo calças e colete pretos, corrente de relógio esticada em sua grande barriga, tirou seu chapéu Stetson e limpou sua testa com um lenço.

'Bem, como você vai, Sr. Kestler,' disse Soloman, o alívio podia ser notado em sua voz. Ele colocou sua arma de volta ao coldre. 'Estava pensando que tínhamos entrado na cidade errada.'

'Muito difícil, Soloman, sendo que Lawrenceville é o único assentamento considerável nas redondezas.'

'Estava falando do comitê de recepção.' Ele acenou na direção dos pistoleiros, que continuavam nervosos, os olhos se dividindo entre Kestler e os outros.

'Bem, eles são crus, Soloman Diferente de você. Um veterano bem temperado.' Ele gargalhou de sua piada. 'Diga aos seus parceiros para beberem umas no saloon enquanto nós discutimos os negócios em meu escritório.'

'Por mim, está ótimo,' disse Pete, guardando sua arma.

Notch não fez o mesmo. Ele continuou encarando os pistoleiros. Um tapinha amigável de seu parceiro no ombro fez Notch virar-se e desmontar rumo ao saloon.

'Ele é nervoso,' notou Kestler, tomando Soloman pelo cotovelo e guiando-o até a entrada de sua grande loja.

'Temos tido uns dias difíceis, Sr. Kestler.'

Eles entraram. Soloman engasgou.

Um vasto espaço se abriu diante dele, o teto tão alto que uma casa de dois andares poderia ser colocada ali dentro. Havia corredores cheios de todos os tipos concebíveis de equipamentos, desde simples martelos e pregos a arados com arreios. Todos os espaços pareciam estar ocupados. Sacas cheias de grãos. Grandes rolos de tecido. Roupas. Botas. Chapéus. E armas, é claro. Muitas armas. Acima de tudo, cheirava bem, o ar rico com doce madeira temperada, um cheiro criado para encorajar o cliente a ficar, procurar e comprar.

Soloman assobiou. 'Meu Deus, Sr. Kestler, essa é uma loja e tanto.'

'Isso é o que é conhecido como supermercado, Soloman. Conheci depois que visitei a cidade de Nova York alguns meses atrás. Gostou?'

Soloman balançou a cabeça maravilhado, girando para poder ver tudo. 'É incrível. Mas, cadê todo mundo? A cidade parece quase deserta então como você vai fazer disso um sucesso se ninguém vem?'

'Ah, Soloman,' Kestler colocou sua grande mão no ombro de Soloman. 'Está anoitecendo, as pessoas foram para casa. Amanhã estará cheio de novo. E, é claro, agora que a ferrovia está aqui, logo toda Lawrenceville estará com cara de cidade. Já há obras em andamento próximas à estação ferroviária. Você deve ter visto?'

Soloman franziu as sobrancelhas, pensando, mas ele não conseguia se lembrar de ter visto tais obras. Mas então, ele não estava particularmente olhando. 'Não, desculpe-me, não posso dizer que vi.'

'Bem, não se preocupe.' Kestler moveu-se pelo corredor principal na direção de um largo balcão, atrás do qual um homem de aspecto manchado usando colete e mangas dobradas estava contando o dinheiro de uma caixa registradora. Ele não ergueu os olhos à medida que os outros se aproximavam, e Soloman notou os lábios do homem se movimentando enquanto ele contava silenciosamente o dinheiro.

'Esse é Doc Haynes. É meu caixa principal. Um homem que conhece cada centímetro desse estabelecimento.' Kestler virou-se para encarar Soloman e encostou-se contra o balcão. 'Então, meu amigo. Você conseguiu?'

O momento que Soloman havia temido durante toda a jornada até Lawrenceville tinha chegado. Ele engoliu com alguma dificuldade, estendeu as mãos, forçou um patético sorriso. 'Tivemos um problema.'

'Ah,' Kestler, assentindo, virou de soslaio na direção de Haynes. 'Um problema?'

O caixa parou de contar, ao menos por um segundo? Soloman ficou tenso. A atmosfera havia mudado. O calor amigável do interior foi embora, trocado por um frio gelado. 'Sim. A casa que invadimos, sobre a qual você nos disse... O que você não nos disse é que o dono era Reuben Cole.'

'Ah. Reuben. Ele meio que tem uma reputação.'

'Foi Notch quem o reconheceu. Disse que era um batedor de índios do exército nos velhos tempos. Muito durão. Um matador.'

'Sim, eu entendo.' Ele respirou fundo. 'Então vocês o mataram?'

'Eu o chutei em pedaços. Ele atirou no pobre Peebie na cabeça.'

'Sim, mas vocês *o mataram?*'

O caixa parou de contar completamente. Soloman esperou, tentando se segurar à medida que seu coração saía pela garganta. 'Acho que sim.'

'Bem, então,' Kestler bateu suas mãos. 'Não temos com que nos preocupar, temos?' Novamente, um rápido olhar na direção de Haynes, que agora estava de cabeça baixa, as mãos fixas no balcão.' E os itens, Sollo? Vocês conseguiram pegar os itens?'

'Tenho todos eles, amarrados com os cavalos. Exceto os vasos. Os grande, azuis.'

Uma sobrancelha arqueada. Uma ligeira perda de cor nos lábios. 'Oh?'

'Sim. Pete, ele meio que entrou em pânico...'

'Em pânico?'

'Sim, quando Cole veio e tudo, atirando em Peebie daquela maneira. Pobre Pete meio que ficou nervoso, bateu neles. Os quebrou.'

'Os quebrou?'

Soloman assentiu e olhou para Haynes cuja própria cabeça havia erguido, olhos cheios de uma fúria assassina. Soloman deu um passo involuntário para trás. 'Sr. Kestler, foi um acidente. Temos todo o resto.'

'A pintura?'

'Sim, temos isso. Sem problemas. Estátuas também, coisas lindas. E os pratos, como você mandou. Prata pura. Tigelas de sopa. Bem grande, com uma concha. Tudo prata pura. Francês, acho que você disse.'

'Sim. Muitas coisas francesas. O pai de Cole era meio que um colecionador.'

'Então, pelo que vejo, você conhece Cole?'

'Nunca conheci o filho, mas encontrei o pai em algumas ocasiões. Antes de sua prematura morte, é claro.' À medida que os cantos de sua boca abaixaram-se, Kestler assumiu a postura de um homem profundamente desapontado. Ele suspirou alto e longamente. 'Fico entristecido, porém, Soloman, com o que você me contou. Achei que pudesse confiar em você.'

'Você *pode*, Sr. Kestler. Você pode.'

'Hmmm... Bem, não estou satisfeito. Aqueles vasos, eles valiam muito dinheiro. Eu tinha clientes esperando, lá em Paris, França.'

Soloman engasgou com aquilo. 'Oh, verdade?'

'Sim, *verdade*. Tenho uma reputação a manter, Soloman. Preciso de homens em quem eu possa confiar.'

'Em quem...' A voz de Soloman falhou. 'Sr. Kestler, esse foi um único erro. Desculpe, não acontecerá de novo.'

'Livre-se desse tal de Pete.'

Era Haynes, sua voz como um gelo perfurando o ar. Soloman virou-se para ele, olhos esbugalhados, estômago revirando. 'Me livrar dele? O que isso quer dizer exatamente?'

'Quer dizer,' disse Kestler, cruzando os braços, soando convencido, 'que não podemos ter idiotas trabalhando conosco, Soloman. Sua escolha de cúmplices não foi boa. Você precisa considerá-los muito mais circunspectamente. Entende?'

Soloman não entendeu. O homem falava de uma maneira esquisita, e ele não conseguia entender uma palavra do que era dito. Ele passou um dedo sob a gola de sua camisa suja e incrustada de suor. 'Eu, er, não acho que estou entendendo, Sr. Kestler. O que circu, er, circupetamente significa?'

'Você precisa tomar mais cuidado com quem cavalga com você,' disse Haynes, sem piscar os olhos, seu olhar capaz de congelar os ossos até a medula. 'Então livre-se dele.'

'O outro também. O nervosinho.'

'Notch? Mas eu não posso...' Soloman estufou o peito. Nada acostumado a ter pessoas falando com ele daquela maneira, ele não seria forçado a fazer algo que não queria fazer. Ele baixou sua mão bem próxima a sua arma. 'Tudo bem, Sr. Kestler, nós cometemos alguns erros e eu lamento por isso. Então, se você nos pagar o que nos é devido, seguiremos nosso caminho.'

'Seguir seu caminho?' Kestler riu. 'Soloman, você trabalha para mim. Não pode simplesmente seguir seu caminho.'

'E eu não posso simplesmente me livrar de meus rapazes. Então me pague o dinheiro que nos deve e acabamos com isso.'

'Não,' disse Haynes.

'O que você disse?'

'Ele disse 'não', Soloman. Tenho um negócio para administrar e você é parte dele. Agora, faça o que foi pedido ou você não receberá um centavo sequer.'

'Livre-se deles,' disse Haynes e adicionou, com deliberada lentidão, 'aí todo o pagamento será seu.'

Passando a mão sobre o rosto encharcado de suor, Soloman instantaneamente se sentiu atraído por tal proposta. 'Eu conheço Notch há anos,' ele balbuciou, pressionando uma mão trêmula em sua boca. 'Ele é meu amigo.'

Os outros dois homens olhavam para ele. Nenhum deles falou.

Mil pensamentos conflitantes passavam-se em sua cabeça e, a cada momento, os níveis de estresse aumentavam. Arrancando sua banana, ele enxugou a testa, ofegando de nervoso. 'Te odeio, Kestler. Você me ouviu? Você deveria ter me contado sobre Cole e quem ele era.'

'Apenas faça isso,' disse Haynes, olhando para baixo, na direção do dinheiro. 'Com menos drama.'

'Quem o senhor é?'

Balançando a cabeça, Haynes voltou a contar as pilhas de moedas e notas de dólares.

A conversa havia chegado a seu fim.

CAPÍTULO CATORZE

Aninhados no meio de um amontoado de pedras irregulares, Roose e Stone fizeram o possível para se manter confortáveis, sabendo que ficariam ali por algum tempo. A sombra era mínima, o que não passou desapercebido por Roose. 'Sempre levava comigo um sombrero de abas bem grandes quando cavalgava com o Exército,' ele disse, ajeitando seu próprio chapéu, um Stetson surrado.

Stone, de cabeça descoberta, arrancou sua bandana e fez uma espécie de capuz, o qual ele posicionou sobre seu crânio. 'Idiota. Eu deveria ter trazido algo.'

'Agora é tarde,' disse Roose, se apoiando sobre uma grande rocha para ter uma boa visão da cidade lá embaixo. Ele pegou seus binóculos e focou na rua principal. Algumas pessoas passavam, uma carroça movia-se lentamente, mas nenhum sinal dos assaltantes.

'Quanto tempo acha que devemos esperar?'

'Não tenho ideia,' disse Roose, abaixando os binóculos. 'Algumas horas, pelo menos. Se meu palpite estiver correto, eles estão lá embaixo fazendo algum tipo de acordo depois de entregarem os bens roubados.

'Sim, mas com quem?'

Outro dar de ombros. 'Não sei se isso importa, mas suponho que seja Kestler.'

'Sim, o que você mencionou antes. Ele manda na cidade, você disse.'

'Manda, mas nunca ouvi nada sobre ele fazer coisas ilegais.'

'Existe sempre uma primeira vez.'

Roose olhou para seu jovem parceiro e riu. 'Sempre existe. Você aprende rápido, filho. É uma vantagem para os homens da lei pensar com a cabeça daqueles que perseguimos e é isso o que você está fazendo.'

'É isso o que você fazia quando caçava comanches? Pensava com a cabeça deles?'

Rosse virou-se. 'Comanches são diferentes. Eles não gostam de brancos. Isso que os faz tão perigosos.' Seus olhos ficaram turvos à medida que ele se lembrava de um tempo mergulhado em brutalidade e morte. 'Eles são um povo nobre e orgulhoso, mas, se você atravessar seu caminho, não vão descansar até terem você na faca deles. Eles não dão trégua e não esperam nenhuma.'

Finalmente satisfeito com seu capuz improvisado, Stone levantou-se para dar uma olhada na cidade de Lawrenceville. 'Devia ser bem perigoso naqueles tempos.'

'Os tempos são sempre perigosos, filho, se você não tiver nenhum tipo de controle,' ele apalpou a New Model Police em seu coldre, 'e sempre tenha a sua melhor amiga próxima.'

Assentindo em concordância, Stone se ajeitou de volta entre as pedras. Ele fechou os olhos.

'Se pode dormir, então durma,' disse Roose. 'Vou te acordar se alguma coisa acontecer.'

Já que não possuía nenhum tipo de relógio consigo, Roose teve de confiar em suas velhas habilidades para calcular a hora pela passagem do sol. Satisfeito de ter esperado por mais de três horas e com o anoitecer avançando, Roose despertou seu companheiro com uma forte botinada nas costelas. Stone gritou, braços se agitando, e sentou-se, desorientado. 'O que? O que é isso?'

'Está tarde e não há sinal algum de ninguém. Eu tenho observado e observado mas não há nada.'

Alongando o corpo, Stone se pôs desajeitadamente de pé. 'Já é quase noite. Você deveria ter me acordado mais cedo, Sr. Roose.'

'O dia está passando, sim, mas você dormia como um bebê.' Ele deu uma última olhada em Lawrenceville através de seus binóculos e então os guardou novamente. 'Estou indo para lá.'

'O que, na cidade?'

Roose grunhiu antes de checar seu revólver. 'Vamos entrar com calma, mas do outro lado. Será uma abordagem mais tranquila, sendo que não teremos que levar nossos cavalos nessa descida traiçoeira. Dê uma olhada.'

Stone esticou o pescoço para ver o caminho tortuoso e esburacado que serpenteava rumo à cidade. Dado seu íngreme ângulo de descida, ele realmente parecia perigoso.

Eles partiram, Roose na frente. Depois de cobrirem quase três quartos da distância entre seu ponto de observação e a entrada leste da cidade, Roose fez seu cavalo parar bruscamente, mão direita levantada. 'Desmonte,' ele disse, a voz reverberando o tom de autoridade que o serviu tão bem nos tempos de exército. Sem esperar por seu jovem companheiro, ele desceu de sua sela e correu até um arbusto, onde ficou de joelhos. Silenciosamente, Stone o seguiu, o que não se passou desapercebido. 'Muito bem,' Roose reconheceu e então ergueu seus binóculos. Ele os apontou na direção da campina aberta e respirou pelos dentes. 'Caramba,' ele disse e passou os binóculos para Stone.

Havia cavaleiros, movendo-se em um ritmo lento, o homem à frente do grupo distinto por uma ofuscante camisa branca. Próximo a ele, o cavalo amarrado ao dele, o cavaleiro algemado, despido até a cintura, era Nelson Samuels.

'Oh não, pegaram o Sr. Samuels.'

Roose tomou de volta os binóculos e olhou novamente. 'Tudo bem, pelo menos ele está vivo. Devem estar levando-o para a cidade, talvez para interrogá-lo.'

'Interrogá-lo? Sobre o que?'

'Quem ele é, por que estava ali sozinho, por que ele carrega um rifle que poderia arrancar um olho a uma distância de mil metros.' Ele guardou os binóculos. 'Não importa o que eles perguntem, eles vão conseguir suas respostas e Nelson vai contá-los tudo o que querem saber.'

'Você não pode ter certeza disso, Sr. Roose.'

'Pelo jeito daquele bando, filho, eu diria que é bem óbvio quem eles são − o grupo de comanches que recentemente fugiu da reserva.'

'Mas por que eles estão vindo aqui?'

'Pelo mesmo motivo que aqueles que invadiram a casa de Cole vieram aqui −para serem pagos.'

'Por Kestler?'

Grunhindo, Roose voltou a seu cavalo. 'Filho, vou até lá. Talvez eu consiga descobrir o que está acontecendo, negociar com eles.'

'Sr. Roose,' disse Stone, a voz quase falhando, de tanta preocupação. 'Se suas suspeitas forem verdade, aqueles homens não vão querer negociar coisa nenhuma com você.'

'Sim, eles vão querer, porque você vai voltar e telegrafar ajuda. Há um destacamento da Cavalaria dos E.U.A. na cidade de Carson. Você vai mandar recado lá para um homem chamado Willets. Capitão Willets. Eu servi com seu tio, Sean Willets, então se você mencionar meu nome ele responderá mais rapidamente.' Ele virou-se, os olhos ardendo. 'Diga a ele para enviar uma tropa para Lawrenceville, ouviu. E diga a eles para chegar aqui *rápido*.'

'Talvez eu devesse ir diretamente ao Sr. Cole. Ele vai saber o que fazer.'

'Cole está se recuperando. Não o incomode com nada disso.'

'Mas Sr. Cole é—'

Sem aviso, a mão de Roose surgiu e ergueu o jovem rapaz pela camisa. 'Você vai fazer o que foi mandado, ouviu!'

Stone, rígido de surpresa e medo, olhos esbugalhados, suor escorrendo de sua testa, rapidamente assentiu com a cabeça.

Roose o soltou e subiu em sua sela. 'Não tive a intenção de assustá-lo, filho, mas isso é algo que eu devo fazer sozinho. Agora saia daqui, mantenha a cabeça baixa, e não pare para ninguém. Entendeu?'

'Sim, senhor', disse Stone, juntando os calcanhares, mão direita batendo contra a cabeça na melhor imitação de uma saudação que ele poderia fazer.

Girando seu cavalo para longe, Roose galopou, as costas retas, sua determinação era clara em todas as partes de seu corpo.

Stone observava e se perguntava se sua vida voltaria a ser a mesma de sempre em algum momento.

CAPÍTULO QUINZE

Foi Pete quem reagiu primeiro quando Soloman saiu pela portas vaivém. Ele cutucou Notch, que estava sentado jogando paciência com um baralho. 'Ele voltou,' disse.

Notch franziu as sobrancelhas para Soloman quando seu amigo se aproximou da mesa. 'Então? O que ele disse?'

'Ele não está feliz,' disse Soloman, puxando uma cadeira de uma mesa próxima e sentando próximo a Notch. 'Não está nem um pouco feliz.'

'Mas ele nos pagou?'

'Ainda não. Ele quer dar uma olhada no que conseguimos pegar.'

Abaixando suas cartas, Notch correu os olhos de Soloman para fixá-los nos pistoleiros, que estavam encostados no balcão do bar. 'Ele com certeza parece ter alguns homens, não é? Talvez ele esteja esperando algum tipo de problema. Não gosto disso, realmente não gosto. Você acha que ele está tramando contra nós?

Grunhindo, Soloman cruzou os braços. 'Precisamos conversar. Há algumas complicações.'

'Oh? Como o que?'

'Como precisarmos ir lá fora para conversar.' Ele deu uma olhada para o balcão. 'Longe de ouvidos errados.'

'Tem um plano?' perguntou Pete, se inclinando para frente. Seu rosto magro e faminto estava manchado de suor e sujeira. Soloman fungou e virou-se. 'Sim, eu sei que estou fedendo,' Pete disse, aborrecido com a reação de Soloman. 'Achei que iríamos para uma banheira?'

'Mais tarde. Primeiro vamos conversar.' Soloman levantou-se e ajustou as calças caídas.

'Vamos rápido,' disse Notch, 'porque eu também preciso de um banho.'

Atravessando o saloon, Soloman perguntou ao garçom se havia uma porta dos fundos. Confuso, o homem apontou de forma relutante para uma porta no pé da grande escadaria que levava aos quartos do andar de cima. O patamar de cima, que levava a uma série de quartos fechados, era sustentado por sólidos pilares de madeira com mesas vazias entre eles. 'Não é um lugar tão popular, né,' comentou Soloman. O garçom o ignorou. Agradecendo, Soloman percebeu o olhar carrancudo dos pistoleiros e piscou o olho. Gesticulando para que seus companheiros o seguissem, ele atravessou a porta.

O sol descia rapidamente agora e o ar estava cheio do som de insetos quando Soloman pisou em um pátio de muros altos, cheio de barris de carvalho e caixotes. Ele observou enquanto Notch e Pete juntavam-se a ele.

'Feche a porta,' ele disse.

Foi Pete quem o fez, virando-se por um breve momento.

O único momento que Soloman precisava.

Ele sacou a pesada faca Bowie de sua bainha posicionada na parte de baixo de suas costas e a enfiou direto na barriga de Notch, cortando para cima até o peito. Notch, tão assustado que não teve tempo de gritar, ficou ali paralisado, olhando para a lâmina sem acreditar. Passando por ele, Soloman acertou Pete na mandíbula com seu revólver, jogando-o contra a porta. Grunhindo, a boca aberta cheia de dentes quebrados e sangue espumando, Pete fez o possível para se manter de pé, tentando pegar sua arma. O joelho de Soloman atingiu sua virilha e Pete se dobrou e se encolheu, gemendo.

De joelhos agora, tentando retirar a faca, Notch balia como uma cabra. Soloman veio até a frente de sua vítima, pegou a faca com uma mão e, com a bota no peito de Notch, puxou com toda sua força. A lâmina saiu, emitindo um nauseante som de sucção à medida que se libertou do corpo.

'Por que,' gemeu Notch antes que Soloman colocasse a lâmina em seu pescoço e acabasse com ele.

Contorcendo-se no chão, era claro que Pete não iria a lugar algum, então Soloman demorou-se, foi para cima dele, e esfaqueou seu ex-companheiro repetidamente até que ele não se movesse mais.

Soloman levantou-se, as mãos e a camisa respingados de sangue. Ele tremia, mas pelo menos estava feito. Ele havia honrado sua parte do acordo, agora Kestler devia honrar a dele.

Mas primeiro, ele precisa de um banho.

'O que é isso agora?'

Ouvindo o barulho de botas de cowboy se aproximando no calçadão, Kestler, sentado a sua mesa de jantar e prestes a comer um prato de bife com ovos, baixou a cabeça em desânimo.

'Chefe,' chamou um de seus homens, entrando correndo no quarto.

'O que você quer, Bart? Não pode esperar?'

'Na verdade, não,' disse Bart Owens, vindo até a mesa. 'Desculpe-me, Sr. Kestler. De verdade.'

'Apenas diga logo o que é.'

'São aqueles índios que você contratou.' Kestler ergueu o olhar, mais interessado. 'Estão lá fora, cavalos carregados com sacos e tudo.'

'Bem, essas são boas notícias. Já era hora de eu ter umas *boas* notícias.'

'Eles tem alguém com eles. Disseram que você se interessaria.'

'Quem é?'

'Não sei.' Ele forçou um sorriso. 'Eu, ah, acho que eles gostariam que você fosse dar uma olhada, chefe.'

Empurrando sua cadeira com tanta força que ela tombou e caiu no chão, Kestler se levantou. 'Parece que é melhor eu ir direto a eles, então.'

'Chefe, desculpe-me, se eu—'

'Ah, cale-se, Bart!'

Kestler passou por ele, fumegante.

Lá fora, a noite cinzenta dava um estranho aspecto aos cavaleiros que esperavam na rua. Naquela luminosidade, era difícil distinguir suas feições. Kestler, no entanto, reconheceu seu líder quase que imediatamente, sua camisa branca agindo como um holofote, chamando sua atenção. Ao seu lado estava um estranho, diferente dos outros cavaleiros, cabeça baixa, mãos amarradas nas costas, nu exceto por um frágil e imundo pedaço de pano escondendo suas partes baixas. Ele estava todo ensanguentado.

'Noite, Sr. Kestler.'

'Noite, Brody.' Kestler disse, reconhecendo o cavaleiro de camisa branca. Caminhou até a rua, foi até o cavalo de Brody e acariciou seu nariz. Ele acenou na direção do estranho nu, que parecia semiconsciente. 'Quem é esse?'

'Bem,' Brody levantou sua perna esquerda e a passou por cima da direita, 'o encontramos no campo aberto enquanto vínhamos para cá. Havia algo nele...' Resmungando, ele balançou a cabeça. 'Carregava um grande rifle. Bem elegante. Quando perguntei sobre isso, ficou todo cauteloso. Não queria responder, disse que tinha que voltar para casa, em Freedom.'

'Freedom? Essa é a cidade para onde enviei vocês para invadir as casas.'

'Exatamente, Sr. Kestler. Então, decidimos amansá-lo um pouco para que nos contasse exatamente quem ele era e o que estava fazendo tão longe de casa.'

Kestler se aproximou do estranho e o observou. Não era um homem jovem, seu corpo branco como lírio era, no entanto, bem musculoso, como se ele cuidasse bem de sua saúde. 'Qual o nome dele?'

'Chama-se Nelson Samuels. Claro que ele não deu essa informação imediatamente.' Brody gargalhou. 'Tivemos que arrancar isso dele.' Esse comentário divertiu os outros cavaleiros.

'Não conheço esse nome.'

'E aí ele nos contou que fazia parte de uma equipe que procurava os homens que arrombaram a casa de Reuben Cole e roubaram algumas de suas melhores porcelanas.'

'Essa seria a tentativa de Soloman de cumprir minhas ordens.' Kestler caminhou até um dos outros cavaleiros e passou as mãos em um dos muitos sacos pendurados sobre a garupa do cavalo. 'Diferente de você, a ventura de Soloman foi meio que um desastre,' disse Kestler, em um tom satisfeito. Brody era incomparável. Um homem que fazia o que era ordenado, que conseguia resultados. 'Ele contou a vocês onde os outros estão?'

'Nos disse que estavam próximos, vindo para cá, nos calcanhares da gangue. Que o líder, um homem chamado Roose, estava determinado a matar o cara conhecido como Soloman. Talvez até mesmo você, Sr. Kestler.'

Com isso, Bart Owens limpou a garganta, 'Talvez devessemos preparar um comitê de recepção?'

Assentindo, Kestler juntou as duas mãos. 'Tudo bem, pegue esse aí,' ele apontou os dedos em direção a Samuels, 'e coloque-o em um dos estábulos. Quando o seu amigo Roose chegar, vamos fazer o reencontro.'

'Depois de nos divertirmos um pouco?' perguntou um dos outros cavaleiros, um homem grande, de idade avançada, grisalho, uma cicatriz profunda no lado esquerdo de seu rosto.

'Se divertirem?' Kestler arqueou a sobrancelha e virou-se para Owens. 'Simplesmente mantenha este aqui amarrado no estábulo. Vamos nos preocupar com Roose quando ele aparecer.'

'Acho que poderíamos emboscar Roose antes que ele chegue à cidade,' disse Brody. 'Se ele está determinado a matar Soloman e você, é melhor fazer o que o seu homem aqui diz e pará-lo antes que se aproxime demais.'

'Especialmente se ele tiver um desses rifles Sharps,' adicionou o homem da cicatriz. 'Com um desses, ele poderia atirar em você de uma boa distância.'

'Sim, tudo bem,' disse Kestler, torcendo sua boca em algo que parecia um sorriso. 'Enquanto isso, quero que você leve tudo o que você conseguiu para a minha loja. Doc Haynes vai resolver tudo e então pagá-lo.'

Do outro lado da rua, meio escondido atrás do muro lateral de uma loja de carpintaria, Soloman observava os índios arrastando um homem nu para dentro dos estábulos. Outros descarregavam seus cavalos, junto com os sacos pendurados sobre os cavalos de Soloman. Ele refletiu se deveria ou não avançar e matá-los, mas o bom senso ganhou o debate. Havia muitos deles. E, diferente de Pete e Notch, aqueles homens pareciam durões e, portanto, seriam um desafio bem mais perigoso. Ele teria que esperar seu tempo, mas com os sacos de seu saque agora estocados dentro da loja, as esperanças de recuperar qualquer dinheiro pelos seus esforços pareciam cada vez mais com um sonho distante.

Infelizmente, enquanto ele refletia sobre suas cada vez menores opções, o temperamento de Soloman venceu. Ele sabia que estaria indo contra homens que eram tão violentos como ele, mas o dinheiro o atraía com muita força, empurrando-o para frente, demandando que ele fizesse o que fosse possível para ter o que era seu por direito.

Os homens saíram do estábulo, nada mais do que sombras escuras, agora que a noite cobria toda a luz. Eles riam juntos à medida que caminhavam até a loja. Checando seu revólver, Soloman decidiu agir rapidamente. Ele interrogaria o homem no estábulo antes, descobriria o que estava acontecendo, então iria para a loja, matando quem aparecesse em seu caminho. A hora das sutilezas havia acabado. A hora de agir havia chegado.

Um feixe de luz atravessou a escuridão, e a atenção de Soloman foi atraída para a entrada da loja. Os homens entraram, o luz de dentro era agradável e convidativo. Ele riu. Ele seria o penetra, o elemento surpresa. Mas não um que qualquer pessoa lá dentro daria as boas vindas. Ele ia sair de seu esconderijo, mas antes que pudesse atravessar a rua, um movimento a sua direita o fez voltar rapidamente para atrás da parede.

Uma figura apareceu das sombras e correu na direção do estábulo. Enquanto ele piscava, tentando enxergar quem poderia ser, ele ouviu o som de um vestido se arrastando pelo chão.

Era uma mulher.

CAPÍTULO DEZESSEIS

Ela já vinha andando há algum tempo, tendo decidido não levar seu potro pelas colinas, que é o que normalmente fazia. Nessa noite em particular, com estrelas tão brilhantes e uma brisa tão suave, ela queria passear pelas ruas do que costumava ser uma cidade amigável e alegre. Desde que Kestler e seus rapazes chegaram tantos meses atrás, deram uma surra no pobre e velho Stefan Moss, o xerife, e expulsaram-no da cidade, tudo havia mudado. Lawrenceville era agora um lugar miserável para se viver. As pessoas iam embora sempre que podiam, mas recentemente os homens de Kestler mantinham a rédea curta com que as pessoas faziam. As coisas pioraram de vez na fatídica noite em que Kestler se encantou com ela, se aproximou na rua, e convidou-a para jantar.

'Sou uma mulher casada,' ela disse, não que fosse o único motivo para rejeitar seus avanços. Kestler a enojava. E não apenas por sua reputação. Ele estava acima do peso, um bebedor de whisky, um arrogante, um homem desprezível, acostumado a ter o que queria.

'Você é uma jovem doce,' ele disse para ela, balançando enquanto falava, por causa da bebida. Ele acariciou sua bochecha. Ela desviou. 'Ah, não seja assim,' ele disse, fingindo estar machucado. 'Você me entretém e eu te recompenso belamente. Qual o seu nome, meu docinho.'

'Não sou sua coisa nenhuma.' Ele mostrou a língua e ela afastou o olhar quando o bafo de whisky veio em sua direção. 'É Sra. Childer se você quer saber.'

Ele riu, 'O primeiro nome é o que quero.' Ele tentou agarrá-la, mas ela se esquivou facilmente. Ele quase caiu de cara com o desequilíbrio.

'Nossa, você é resistente,' ele disse, se apoiando no muro do saloon do qual ele havia acabado de sair para abordá-la. 'Eu gosto disso.'

Ela se afastou, mas apenas dois passos depois ele chegou a ela novamente, puxando-a com o braço para encará-la. 'Sra. Childer, sou um honrável homem,' ele sacudia o dedo a frente de seu rosto, 'Por favor, aceite meu convite de jantar.'

'Não.'

Novamente ela deu meia volta e novamente ele a agarrou pelo braço. 'Não vou perguntar tão educamente de novo.'

'Sr. Kestler, tenho certeza de que está acostumado a conseguir o que quer que você queira, mas não tenho a menor intenção de aceitar seu convite, ou qualquer coisa do gênero.'

'O que acha de quinhentos dólares?'

Ela parou. Tudo parou, exceto sua boca, que permanecia aberta como se fosse puxada para baixo por uma corda invisível.

Kestler riu. 'Agora tenho sua atenção, não é?' Ele se aproximou, passando o braço ao redor de sua cintura. 'É o seguinte. Venha jantar comigo e dou-lhe quinhentos dólares. É um presente, Sra. Childer, não um pagamento, se você me entende.'

Ela ia bater nele, mas não fez muita força e, apesar de estar bêbado, ele conseguiu segurá-la e agarrar sua cintura. 'Não sou uma prostituta,' ela disse entre os dentes.

'Nunca pensei que fosse. Mas acredito que quinhentos vão facilitar sua situação.'

A sua situação sem dúvidas quinhentos dólares facilitariam, mas como ele sabia disso? Em casa, com o rosto nas mãos, seu marido Stacey todas as noites dizia insultos a Deus, ao mundo, e a todas as pessoas nele, culpando a todos menos a si mesmo pelo fracasso de sua colheita de feijão. Ele havia gastado tudo o que eles tinham comprando aquelas mudas. Plantou-as, cuidou delas, observou-as dia e noite. Elas murcharam e morreram. As pessoas da cidade haviam alertado sobre a péssima escolha de terra, como a irrigação era virtualmente impossível, como os antigos donos do terreno haviam experimentado calamidades similares, primeiro com trigo, depois milho. Nada crescia ali, todos disseram. Stacey ignorou-lhes, colocou os fertilizantes e trabalhou da melhor forma que pudesse. Tudo para nada. Agora aqueles feijões, junto com todas as suas economias, eram nada mais do que pó.

Então quinhentos dólares poderiam dar-lhes um novo começo. Uma oportunidade de ir embora, recomeçar em um lugar mais misericordioso. Ela sempre teve ambições de abrir sua própria loja. Um pagamento desses poderia acertar as coisas, ajudá-la a comprar um estoque e pagar o primeiro aluguel.

Kestler, consciente de sua hesitação, como um predador que era, atacou. 'Vamos fazer setecentos e cinquenta. Venha jantar comigo esta noite. Que tal às sete?'

Ela respirou fundo. Setecentos e cinquenta dólares. Ela não ganharia isso nem em um ano trabalhando como recepcionista do doutor O'Henry. Nem mesmo em dois anos. Ela seria uma tola se rejeitasse sua oferta, se fosse mesmo apenas um jantar. Ela suspeitava, no entanto, que por aquele valor Kestler demandaria algo mais. Esse pensamento revirou seu estômago.

'Ouça,' ele disse, como se estivesse lendo sua mente, 'será apenas um jantar. Se algo mais acontecer, será ótimo. Mas não estou querendo que você faça nada do que não gostaria de fazer.'

'Apenas jantar?'

Ele assentiu, sorrindo. 'Vou até lhe pagar adiantado.' Ele virou-se ligeiramente, cambaleando por um momento antes de reunir suas forças e puxar uma carteira de dentro de seu casaco. Ele retirou de lá um rolo de notas de dólares. Ela ficou boquiaberta, nunca havia visto tanto dinheiro antes. Sem dizer nada, ele tirou algumas notas e colocou em uma de suas mãos. 'Aqui vão duzentos. Venha hoje à noite, e vou lhe dar o restante. Minha empregada é uma ótima cozinheira.'

Olhando para o dinheiro em sua mão, ela teve um repentino impulso de se beliscar. Isso não poderia estar acontecendo. *Duzentos dólares?* Assim?

'Se você decidir não vir,' ele disse, afastando-se cambaleando, suas pernas não pareciam ser muito capazes de mantê-lo de pé, 'Eu entendo. Mas fique com o dinheiro.' Ele foi até os degraus do saloon, segurou-se em um poste e caiu de costas. 'Venha para a loja. Iremos de charrete para minha casa.' Ele olhou para cima, o olhar turvo. 'E seu nome, Sra. Childer. Qual o seu nome?'

'É Amy,' ela disse enquanto se afastava, atordoada, insegura quanto à sua decisão, mas sabendo que aquela quantia de dinheiro era grande demais para se recusar.

Depois de sua noite com ele, no entanto, sua opinião iria mudar.

Stacey estava bêbado quando ela chegou em casa depois de seu suposto 'jantar'. Ele não percebeu seu corte no lábio, o corpete desgrenhado. Enquanto ela tropeçava no escuro, encontrava a bacia de lavar e jogava água em seu rosto, o ronco de Stacey aumentava e ela agradecia a Deus por ele não ouvir.

Tudo aconteceu tão inesperadamente.

Kestler, esperando do lado de fora de sua loja, bem vestido em um bem passado terno matinal, corrente de relógio de ouro esticada em sua grande barriga, cumprimentou-a com um sorriso aberto e caloroso. Um forte cheiro de colônia invadiu suas narinas assim que ela se aproximou. Uma visão muito aceitável do que a de mais cedo, ela disse par si mesma. Ele tomou sua mão, beijou-a da maneira mais delicada, abriu a porta e guiou-a para dentro.

O interior da loja era vasto, iluminado por númerosas lâmpadas a gás, que exalavam um cheiro oleoso e denso e faziam estranhas e contorcidas sombras nas paredes e no teto. Em todas as direções que olhasse, ela podia ver os vários tipos de produtos à venda, desde martelos de unha a bacias de lavar roupa e tudo mais. 'Você dirige um negócio de sucesso, Sr. Kestler.'

'Dirijo mesmo,' ele disse, passando seu braço ao redor dela e levando-a até o balcão. Kestler passou por ele e abriu caminho até uma porta nos fundos, atrás da qual se revelava um pequeno quarto, com velas dando um brilho convidativo. A mesa estava posta para dois, mas não havia comida nem pratos, apenas talheres e guardanapos. 'Decidi que seria melhor comermos aqui, em vez de em minha casa. Minha empregada chegará mais tarde com nosso jantar.'

Sorrindo, Amy esperou até que ele puxasse uma cadeira para ela. Ele era certamente um cavalheiro, tão diferente de Stacey como ela poderia imaginar. Stacey era rude, suas mãos grandes e calejadas, seu corpo tenso com músculos de tantas horas de trabalho no campo. Mas sua cabeça não era mais a mesma, a bebedeira o tornava pouco mais do que um tolo pensativo hoje em dia. Kestler, apesar de obviamente um beberrão, parecia ter muito mais autocontrole. Bem sucedido e sofisticado.

'Você é muito atraente, Amy,' ele disse, pegando uma garrafa de vinho do armário no canto. Ele serviu uma dose generosa em uma taça delicadamente cortada. Ela sorriu, meio tímida, afastando uma mecha de cabelo, erguendo a taça enquanto ele trazia a dele de encontro com a dela. Ela bebeu, o vinho possuía um sabor puro, doce e diferente de qualquer coisa que ela tivesse bebido antes. 'Estou surpreso que seu marido tenha deixado você sair tão tarde, para se encontrar com um homem estranho.'

'Stacey estava dormindo, como sempre.'

'Ah, sim. Ele passa uma boa parte de seu tempo dormindo, ouvi dizer.'

Prestes a tomar outro gole, ela parou, estudando-o através das pálpebras abaixadas. Lentamente, ela abaixou a taça. 'O que mais você ouviu, Sr. Kestler?'

'Que você é solitária. Infeliz. Um marido que não lhe dá a devida atenção não leva a um relacionamento satisfatório.'

'É isso?' Ela se recostou na cadeira, o calor subindo até seu queixo. 'Você tem perguntado por aí sobre mim, é isso?'

'Estou *interessado* em você, Amy. Assim que vi você pela primeira vez algo aconteceu comigo,' ele bateu em seu peito, 'aqui, em meu coração.'

'Bem, tudo isso é muito elogioso, Sr. Kestler, mas eu realmente não acho que eu possa—'

Sem aviso, ele estendeu as mãos sobre a mesa em sua direção, agarrando seus pulsos. Pega completamente de surpresa, ela deu um grito assustado. Ele a puxou em sua direção. 'Amy, tudo o que lhe peço é que me dê uma chance. Por favor, podemos ter muitas noites como esta, desenvolver nossa amizade.'

Ela lutou contra seu aperto. 'Sr. Kestler, você está me machucando.'

Mas ela viu então que havia algo em seu olhar. Uma mudança, todo o autocontrole desaparecendo a cada momento. 'Você não entende.'

'Eu entendo perfeitamente,' ela disse, a voz falhando enquanto tentava se livrar de suas mãos. Mas ele era surpreendentemente forte e, inacreditavelmente, estava se inclinando sobre a mesa para dar um beijo molhado em sua boca. Contorcendo-se, ela conseguiu virar a cabeça de forma que seus lábios beijassem sua bochecha. 'Posso cuidar de você,' ele gritou, seu rosto tão perto agora, as veias em seu nariz bulboso pareciam enormes a esta distância. 'Por favor, me dê uma chance para lhe mostrar. Não consigo resistir a você, Amy. Não consigo.'

Invocando toda a sua força, ela conseguiu finalmente se libertar e ficar de pé. Chorando, ela ia correr, mas ele estava lá, movendo-se mais rápido do que ela poderia imaginar, agarrando-a pela cintura, virando-a, beijando-a novamente, dessa vez com sucesso.

Ele gemia e ela podia sentir sua masculinidade ereta pressionando contra ela. Rasgando os lábios para se libertar, ela deu um forte tapa em seu rosto. Ofegante, ele recuou, apalpando sua bochecha, que se avermelhava rapidamente. 'Sua vadia,' ele disse.

Ela o acertou novamente, jogando-o contra a mesa. Dando meia volta, ela tentou agarrar a maçaneta da porta. Ele a agarrou, suas fortes mãos segurando seus braços, a trazendo de volta para encará-lo. Dessa vez era a vez dele de atacar, um golpe forte com as costas da mão em sua boca, que fez seus dentes rangerem. Suas pernas dobraram-se, a força deixando seus músculos, e outro golpe de costas da mão na direção oposta a colocaram no chão.

A cabeça girando, ela tinha apenas a mais vaga noção de onde estava ou do que estava acontecendo. Tecidos rasgados, quentes lábios pressionados contra um mamilo exposto. Mãos agarraram seu vestido, suas roupas de baixo. Através de uma névoa estonteante, ela o viu tateando as próprias calças, o cinto sendo retirado, zíperes se abrindo.

De algum lugar, ela buscou força suficiente para dar uma botinada em sua virilha. Ele gritou, cambaleou para trás e acertou a mesa novamente. Enrolado como uma bola, as mãos na virilha, os olhos bem fechados, as lágrimas brotando, ele chorava como um bebê.

Rolando em seus joelhos, ela passou as costas de sua mão contra a boca, sentiu o sangue, amaldiçoou a si mesma por ter sido tão estúpida. Usando a maçaneta da porta como apoio, ela se levantou e olhou para ele, que se contorcia no chão. 'Eu mato você se se aproximar de mim novamente,' ela disse e saiu para a loja.

Movendo-se como um bêbado, ela balbuciava pelos corredores, batendo ocasionalmente nos produtos exibidos, jogando pilhas de potes, panelas, utensílios culinários e louças ao chão. Sem se preocupar, ela continuou até a porta principal e saiu para a noite. O ar gelado da noite bateu nela quase tão forte quando os golpes de Kestler, mas a revitalizou, clareou sua cabeça. Ela conseguiu chegar a sua charrete e, sem parar por um momento, bateu as rédeas nas costas do potro e logo ela estava guiando pela noite, deixando Kestler machucado, de orgulho ferido, sozinho em seu quarto, para se recuperar.

E agora, aqui estava ela. Ela havia visto eles levarem o estranho seminu para o estábulo. Esperando, ela agora se aproximava. Desde aquela noite, Kestler não havia tentado mais abordá-la, mas ela continuava a fervilhar sobre o dinheiro. Ele devia a ela e, de seu ponto de vista, ela tinha todo o direito a ele. Talvez essa fosse uma forma de fazer alguma reparação. Então ela se esgueirou até a porta do estábulo e a abriu.

CAPÍTULO DEZESSETE

As sombras eram longas quando Roose chegou à cidade, guiando seu cavalo lentamente no meio da rua principal. A lojas de ambos os lados estavam agora fechadas para negócios, uns poucos proprietários varriam a poeira das varandas de entrada. Um ou outro ergueram os olhos à medida que ele passava, seus rostos enquadrados pelas luzes trêmulas do interior de seus negócios. Roose, olhando para frente, foi para o único edifício que parecia aberto. O saloon. Uma placa lascada e desbotada na entrada trazia o nome 'Noites de Sorte', o que ele achou de alguma forma engraçado, dada a virtual ausência de clientes.

Um homem solitário sentava em uma cadeira de balanço ao lado da entrada. Ele se ocupava enchendo um cachimbo feito de osso enquanto Roose desmontava, amarrava seu cavalo, tirava a poeira de seu casaco e subia os degraus. O homem ergueu os olhos. 'Noite,' ele disse com uma fala arrastada, arrumou o cachimbo entre os dentes, riscou um longo fósforo e o acendeu.

Roose tirou o chapéu. 'Estou procurando por um Sr. Kestler.'

O homem parou de se concentrar em acender o cachimbo. Seu rosto se turvou. 'E por que isso, senhor?'

'Ele está lá dentro?' Roose deu um passo a frente.

'Eu lhe fiz uma pergunta, garoto.'

Essa observação divertiu Roose, pois ele era consideravelmente mais velho que o fumador de cachimbo. 'Tudo o que quero é conversar com ele.'

'Bem, você pode esperar aqui enquanto vou lá e dou uma olhada.'

'Meio desconfiado você, hein?'

'Apenas fazendo meu trabalho, garoto,' disse o homem, descartando seu cachimbo e se levantando.

Roose notou uma Colt no cinto do homem. 'E que tipo de trabalho seria?' Sem esperar uma resposta, ele empurrou seu casaco para revelar sua insígnia presa ao lado esquerdo de seu colete. 'Esse aqui é o meu.'

Mordendo os lábios, o fumador de cachimbo deu meia volta e atravessou as portas sem dizer palavra alguma.

Roose esperou. Havia pouco barulho vindo de dentro, talvez porque ainda fosse cedo, ou talvez porque poucas pessoas frequentassem aquele estabelecimento. Toda a cidade possuía um ar de tristeza, até mesmo as construções pareciam taciturnas, desinteressantes. O ar de decomposição era forte no local e Roose duvidava que ela permanecesse habitada por muito tempo e desapareceria, como tantas outras cidades fronteiriças pelo oeste. Na mesma medida que as grandes cidades de São Francisco e Los Angeles cresciam, as numerosas pequenas cidades que surgiam por toda a nova ferrovia para abrigar os trabalhadores morriam. Cidades fantasmas, eram chamadas. Enquanto esperava, Roose imaginava quantas almas haviam vindo para lugares assim em busca de sonhos e novos começos apenas para ter essas aspirações esmagadas, transformadas em poeira.

Ele deu um salto quando as portas vaivém se abriram com tudo. O fumador de cachimbo estava na porta, mas não estava mais sozinho. Um homem grande preenchia quase que toda a visão de Roose, junto com outros homens, que pareciam maus, todos eles carregando armas abaixadas, cheios de ódio para com o xerife.

Mantendo a calma, Roose inclinou a cabeça. 'Sr. Kestler, imagino?'

'Isso mesmo,' disse o homem grande, 'mas você me tem em desvantagem, senhor. Quem é você?' Ele vestia uma camisa bordada, mangas dobradas, uma película brilhante de suor cobria sua testa franzida. A gordura ao redor de sua boca anunciava que ele havia acabado de comer.

'Meu nome é Roose. Sterling Roose. Sou o xerife de Freedom, uma pequena cidade a uns cinquenta quilômetros ao leste daqui, estou na trilha de uns bandidos que arrombaram e roubaram alguns artefatos valiosos da casa de um amigo. Reuben Cole é o nome de meu amigo. Talvez já tenha ouvido falar nele?'

Kestler pareceu estar pensando por um momento. Passando a ponta da língua entre seus lábios, ele saboreou os restos de seu jantar antes de balançar a cabeça suavemente. 'Acho que não.'

'Bem,' Roose olhou ao seu redor, percebendo que mais dois homens apareceram da lateral do saloon. Eles devem ter vindo da entrada dos fundos. Ambos ostentavam Wincherters, 'O fato é, Sr. Kestler, que segui o rastro desses homens diretamente a essa cidade.'

'Oh, você seguiu?'

'Sim, segui. Talvez você pudesse me deixar dar uma olhada por aí, descobrir se há algum sinal de que eles ainda estejam aqui.'

'Não estão.'

'Oh.' Os homens atrás dele estavam se aproximando. 'E como você poderia saber disso, Sr. Kestler?'

'Porque sei de tudo em minha cidade.' Como se tivesse recebido comandos não falados, os outros passaram por seu chefe, dividindo-se em cada lado dele. Quatro na frente, dois atrás. Roose sabia que a matemática não estava ao seu lado.

'Sim, claro que você sabe. Então talvez você pudesse me dizer para qual lado eles foram... Se eles saíram daqui?'

O inconfundível som de alavancas de Winchesters sendo puxadas acompanhou o grande sorriso de Kestler. Roose permitiu que seus ombros baixassem. Havia pouco que ele pudesse fazer a não ser uma luta que teria sua morte como fim inevitável. Ele lentamente levantou suas mãos. Um atirador alto e desajeitado se aproximou dele e tomou a arma de Roose.

'Você está sozinho?' perguntou Kestler enquanto os outros se aproximavam e pegavam Roose pelos braços.

'Estou.'

'Uma investigação com um grupo de um homem? Acho que não. Já temos um de seus rapazes no estábulo.' Os olhos de Roose se arregalaram apesar de seu esforço para esconder a surpresa. 'Então, acho que há mais de vocês.'

'Bem, não há.'

O primeiro soco atingiu o estômago de Roose com a força de um coice de mula, dobrando-o ao meio. Ele engasgou e vomitou enquanto se pendurava no firme aperto dos homens que o seguravam. 'Seria inteligente de sua parte contar-nos tudo o que sabe,' disse Kestler antes de acenar para o homem desajeitado. Sorrindo, o alto atirador atingiu Roose na barriga novamente com sua esquerda, e então, com um cruzado de direita na mandíbula, quase o levantou do chão.

Pendurado nos braços dos homens, Roose conseguiu levantar sua cabeça enquanto Kestler se aproximava. 'Em quantos vocês estão?' Tudo o que recebeu foi um leve balançar de cabeça. Kestler acenou mais uma vez para o homem alto e desengonçado, 'Amance-o mais um pouco, Bart.' Sem precisar de mais encorajamentos, Bart Owens recuou o punho preparando-se para mais um soco. Antes que ele pudesse atacar, uma voz surgiu da escuridão.

'Deixe-o para mim, Sr. Kestler.'

Brody emergiu da escuridão, sua camisa branca lançava sobre ele uma aura. Aos seus lados, estavam seus homens, enrugados e idosos índios nativos, olhos febris, corpos tensos em expectativa.

'Somos mais do que capazes,' disse Owens, incapaz de segurar sua raiva.

'Você vai matá-lo antes que ele fale,' disse Brody.

'Conheci homens como esse aí,' disse o homem com a cicatriz, estudando Roose intensamente. 'Eles nunca falam, a não ser que a medida correta seja aplicada.'

'E você pode aplicar essa medida?' perguntou Kestler.

'Posso.'

'Então faça isso. Não gosto da ideia de ter mais dessa escória caminhando pela minha cidade.'

Relutantemente Owens se afastou enquanto os índios tomavam Roose e o levavam pela noite.

'Vamos levá-lo para fora da cidade,' disse Brody, então adicionou, com um sorriso, 'para que ninguém ouça seus gritos.'

CAPÍTULO DEZOITO

À distância, Samuels ouviu algo. Poderia ter sido apenas o farfalhar de ratos, mas algo lhe chamou a atenção. Ele se levantou e sentou, gemendo com a dor que atravessava suas costelas. Eles haviam dado uma bela surra nele, golpeando suas costelas e estômago antes de despi-lo, pressionando o facão contra seu membro viril. 'Vai tomar apenas um segundo,' disse o de branco, aquele sorriso sádico permanente em seu rosto. Usando a lado oposto ao fio da lâmina, ele ergueu o membro de Samuels. 'Uma rápida risca dessa faca... ' Ele riu. 'Vai doer, meu amigo. Vai doer muito. Então diga-me o que você sabe.'

Dentro de alguns minutos, Samuels revelou tudo. Que havia mais dois homens em seu grupo, que ele não queria mais fazer parte disso, que o plano de Roose era matar a todos, especialmente aqueles conhecidos como Soloman e Kestler.

Ele não deixou nada de fora, contando até mesmo ao homem de branco que era a casa de Reuben Cole que havia sido invadida e que Cole, assim que estivesse recuperado do ataque, estaria caçando todos eles. Se algo acontecesse a Roose, a vingança de Cole seria terrível.

'Parece que ele é um baita de um homem,' disse o homem de branco, guardando sua faca na bainha em seu cinto.

'Ele é. Lutava contra índios nos velhos tempos.'

O homem de branco olhou para seus companheiros. 'Ouviu o que ele disse?'

Dois deles assentiram, um homem alto com uma profunda cicatriz na lateral do rosto disse em um tom baixo e sério, 'Ele é bem conhecido por nós. Dos velhos tempos. Ele caçava nossos pais, enterrou muitos deles. Meu povo o chama de 'Aquele Que Vem'. Nada pode pará-lo, Brody.'

'Está certo.' Brody levantou-se. 'Kestler precisa ouvir isso. Vamos levar esse aqui para a cidade.'

E foi o que eles fizeram e agora, sentado na escuridão do estábulo, o cheiro de feno molhado forte em suas narinas, Samuels segurava sua respiração, se esforçando para ouvir os ratos novamente. O farfalhar veio e, no entanto, não era de um rato.

Uma figura abaixou-se em sua frente.

'Eu os vi trazendo você.'

Uma mulher, parecendo assustada. Ele não conseguia ver seus traços no escuro, mas algo lhe dizia que ela era gentil. Jovem. Uma lâmina brilhou e ela estava cortando as cordas que prendiam seus pulsos. 'Vamos sair daqui,' ela disse cochichando. 'Não sei quem você é ou o que está fazendo aqui, mas qualquer inimigo de Kestler é um amigo meu.'

Esfregando os pulsos, Samuels se pôs de pé. Ela o ajudou. Plenamente consciente de sua nudez, ele afastou-se. 'Não posso sair andando por aí desse jeito.'

'Tenho cobertores em minha charrete. Minha casa fica fora da cidade e, uma vez lá, podemos resolver o que fazer.'

'O que fazer? Não há nada que possamos fazer.'

'Oh, sim, há sim,' ela disse com os dentes cerrados. 'Podemos matá-lo.'

Amy Childer ajudou Samuels a mancar em meio à fedorenta lama de palha e feno, a gama de fortes odores os atacava de todas as direções. Amy, segurando-se para não vomitar, esfregou o suor de sua testa e esticou a mão para empurrar a porta do estábulo.

Um homem estava ali, seu grande corpo como uma gigantesca figura negra na porta, bloqueando a saída. Amy quase gritou e cambaleou para trás, Samuels gemendo em seus braços. Como Kestler havia conseguido encontrá-la e a seguido nesse exato momento? Ele era como aquele mágico que ela havia visto no teatro uma vez. Como ele era chamado? Um leitor de mentes? Hipnotizador? Ela não podia recordar-se, lembrando-se apenas de como Stacey havia gargalhado. A última vez que ele havia feito isso, ela recordava. Talvez tivesse sido a sua última garga-lhada também. Última vez que fez qualquer coisa.

'Seria melhor se vocês se calassem,' disse o homem. Não era a voz de Kestler, ela sabia disso. Ele entrou e acertou com o punho esquerdo o rosto de Samuels, derrubando-o no chão como uma árvore. Levantou o homem ferido com facilidade, pendurando-o sobre os ombros. 'Fique próxima.'

'Mas quem é você?'

'Não se preocupe com isso,' ele disse. 'Vou nos tirar dessa bagunça.'

'Minha charrete está naquela direção,' ela disse, apontando para a sua esquerda.

'Não precisaremos de sua charrete,' ele disse.

Ela congelou com essas palavras, tomando um momento para encontrar coragem para dizer, 'Por que não?'

'Porque,' ele disse, sacando sua arma e puxando o martelo de forma ameaçadora, 'vamos visitar o Sr. Kestler e ele vai me dar uma bela recompensa por acabar com o esqueminha de vocês.'

'Você não pode. Pelo amor de Deus, você não pode!'

Ele pressionou o cano da arma contra sua testa, 'Oh, sim, eu posso, mocinha. Preciso voltar a ficar em alta com ele, e essa é a maneira perfeita de conseguir isso. Agora, vá na frente e caminhe até a loja. Um movimento em falso e mando uma bala em sua espinha.'

'Seu cachorro miserável.'

O grandalhão riu. 'Já fui chamado de muita coisa pior, mocinha, mas isso serve. Agora ande, estou cansado e quero acabar com isso.'

Alguém falava quando eles atravessaram as portas da loja de Kestler. A voz soava rouca, palavras ditas com deliberada lentidão. 'Preciso das garantias, Sr. Lomax. Preciso delas amanhã, então eu posso...' A voz sumiu à medida que o falante, atrás do balcão, com o telefone pressionado com força contra a lateral de sua cabeça, viu os intrusos e buscou algo escondido sob o balcão. 'Eu ligarei novamente, Sr. Lomax... Não, eu vou ligar *novamente*!' Ele colocou o telefone de volta em seu suporte e levantou o revólver que havia pegado de seu esconderijo, apontando-o na direção dos três estranhos que se aproximavam dele através da escuridão da loja. 'Vocês esperem aí,' ele disse.

'Meu nome é Soloman,' era a voz do grandalhão que trazia um homem sobre os ombros. 'Estou aqui para falar com o Sr. Kestler.'

'Eu sei quem você é,' disse o homem enquanto se movia de detrás do balcão e caminhava com a arma na mão, olhos estreitados. 'O que você quer, Soloman.'

'Quero falar com Sr. Kestler. Tenho umas coisas para dizer a ele, e esses dois aqui devem me dar alguns pontos. Eu decepcionei Sr. Kestler, com meus rapazes. Eles eram verdes, cometeram erros. Eu não cometo erros e esses aqui são a minha prova.' Grunhindo, ele deitou sua carga no chão.

'Quem é ela?'

Soloman levantou a cabeça, sentindo Amy tremendo ao seu lado. 'Ela ia ajudar esse aqui a escapar. Disse que queria fazer Kestler pagar pelo que fez.'

O homem com a arma estava próximo agora. Alto, bem vestido, ele estudava Amy, passando os olhos por ela, franzindo os lábios. 'Acredito que você teve um jantar com nosso amigo em comum. Senhora Childer, correto?'

'Longe de ser amigo, quem quer que você seja.'

'Meu nome é Haynes. Me chamam de Doc Haynes, porque eu costumava tomar conta dos pés das pessoas lá em São Francisco.'

'*Pés?*' Soloman deixou escapar, incapaz de esconder o divertimento com aquilo. 'Acho que já ouvi de tudo agora.'

'Sr. Kestler está no saloon ao lado,' disse Haynes, sua voz agora fria como gelo. 'Meu conselho é que você vá até lá contar a ele o que você me contou enquanto eu espero aqui e entretenho essa moça.'

Soloman hesitou, esfregando o rosto agitado, 'Acho que vou esperar.'

'Você esperará demais, amigo. Sr. Kestler gosta de suas bebidas. Melhor ir e falar com ele antes que palavras de qualquer natureza façam pouco sentido para ele.'

'Vou levar a moça.'

A arma foi erguida, 'Não, você não vai. Ela estará muito bem aqui comigo.'

Uma era pareceu se passar entre eles antes que Soloman cedesse, soltando um longo suspiro. Ele virou-se e foi em direção à porta. Enquanto a abria, Hayne disparou um único tiro, a bala atingiu Soloman na altura de seus ombros, o impacto o arremessou à rua.

O corpo emitiu um pesado som ao cair no chão. Amy gritou e Hayne golpeou forte em seu rosto, fazendo-a cair de joelhos. 'Por que sempre tem que ser eu quem arruma as coisas nesse patético negócio.'

Com o som dos soluços Amy enchendo a loja, Haynes cutucou Samuels com a ponta da bota. Ele ejetou o cartucho gasto de sua Remington e colocou outro no cilindro.

Vozes que se aproximavam fizeram-no erguer o olhar e, de uma só vez, um grupo de homens bem armados e barulhentos entrou pelas portas, liderados por Kestler cambaleante. 'O que é esse tiroteio todo, Doc?'

'Tivemos um visitante.' Haynes apontou em direção a Amy, ainda de joelhos e cabeça baixa. 'Parece que Sra. Childer aqui queria resgatar seu prisioneiro. Soloman os encontrou e os trouxe para nós, com a esperança de que com isso ele ganhasse uns pontos com você.'

'Bem, ele conseguiu com aqueles parceiros idiotas dele,' resmungou Kestler, aproximando-se sem muita firmeza. 'Mas mesmo assim, não posso confiar nele, não depois disso. Onde ele está?'

'Lá fora. Mandei ele embora com uma bala em suas costas. Faça com que um dos rapazes acabe com ele.'

'Lá fora?'

'Sim. Na rua. Estou surpreso que não o tenha visto.'

Confuso, Kestler estalou os dedos, 'Rogers, vá e dê uma olhada.'

Rogers, com um cachimbo de osso, resmungou algo inaudível e atravessou a porta. Não demorou para que voltasse. 'Não tem ninguém lá, Sr. Kestler.'

Kestler virou-se para Doc Haynes, que saiu empurrando todos pelo caminho.

Lá fora, no escuro, ele podia ver a marca de onde o pesado corpo de Soloman havia batido no chão.

Mas de Soloman mesmo, não havia nem sinal.

CAPÍTULO DEZENOVE

K estler estava sentado em seu saloon, girando meio copo de whisky em suas mãos, encarando uma Amy Childer desgrenhada, sentada oposta a ele. De pé ao seu lado estava Doc Haynes, batendo o pé impacientemente. 'Ela ia fugir antes de ser abordada por Soloman. Ela teria ido até El Paso, avisado as autoridades. Não precisamos de delegados dos Estados Unidos bisbilhotando. Não podemos pagar—'

'*Tudo bem, já entendi*!' Kestler se balançou para frente e jogou o whisky garganta abaixo. À medida que o líquido ardente percorria seu corpo, ele se acalmava. 'Já entendi. O que você sugere?'

'Mate-a, enterre o corpo nos campos abertos. Coiotes vão acabar com qualquer evidência.'

Amy se contorcia em sua cadeira, o único som que emanava de sua boca era um gemido abafado. Sua mandíbula e boca estavam inchadas ao dobro de seu tamanho normal, um horrível hematoma de um roxo profundo cobria a metade inferior de seu rosto.

'E o marido?'

Os dois olharam para Bart Owens, parado ali, brincando com a arma de Roose.

'O que tem ele?' perguntou Haynes. 'Pelo que ouvir dizer, ele é um beberrão. Nem vai perceber que ela se foi.'

'Mas e se perceber?'

Haynes e Kestler trocaram olhares. 'Mitch,' disse Kestler, 'vá até lá, certifique-se de que Sr. Childer não diga nada a ninguém.'

Tirando o chapéu, Mitch Rogers colocou seu cachimbo no bolso do cinto, virou-se, e saiu sem dizer uma palavra.

'Sr. Kestler,' disse Owens, aparentemente embaraçado, incapaz de olhar Kestler nos olhos, 'Eu devo dizer... Alguns dos rapazes, eles estão bem nervosos com os comanches por aqui.'

'*Os comanches,*' disse Haynes rapidamente, 'têm nos servido bem. Estive analisando o que eles trouxeram e vale uma boa quantia. Meus contatos em São Francisco vão nos garantir um belo retorno.'

'Bart,' disse Kestler, pondo-se vacilante de pé, 'sei que você leu todas aquelas historinhas sobre como os comanches perambulavam por aí, matando cruelmente homens, mulheres e crianças, mas esses dias ficaram para trás.'

'Com todo o respeito, Sr. Kestler, eles são velhos, e dos *velhos tempos*. Eles são tão selvagens assassinos quanto qualquer um que tenha cavalgado naquelas épocas.'

'Ah, Bart, está ouvindo o que está dizendo? Vivemos em um mundo moderno agora. Esses dias são passado. Não há mais selvagens queimando casas e estuprando moças. Eles estão civilizados.' Ele cambaleou pelas mesas até chegar no bar, sem fôlego, esfregando os dedos nos olhos. 'Caramba, não me sinto bem.'

'Você deveria maneirar na bêbida,' disse Haynes.

'Está tarde,' disse Kestler, ignorando seu parceiro. 'Vou para a cama. Bart,' ele virou-se para nivelar seu olhar turvo com o do atirador alto e magro. 'Leve-a para o campo e acabe com ela, como Doc sugeriu. Cuidado com os coiotes.'

'Mas Brody e aqueles comanches estão por lá.'

'*Não me responda, Owens*!' Kestler respirou fundo estremecendo. 'Apenas faça o que mandei.'

Fazendo uma careta, Owens relutantemente tomou Amy pelos ombros e pôs de pé, colocando a arma em suas costas. Ele a empurrou através das portas vaivém e eles desapareceram na escuridão da alvorada.

Eles acampavam entre as rochas, o da cicatriz acendeu uma fogueira ao redor da qual eles se agruparam. Roose, tão bem amarrado que mal conseguia se mover, os observava atentamente. Brody, um pouco afastado, olhava na direção da planície. Se Roose conseguisse de alguma forma soltar as tiras de couro que prendiam seus pulsos e tornozelos, talvez pudesse dominar um deles, tomar sua arma, matar Bordy. Os outros fugiriam. Ele tinha certeza disso.

Tanto quanto de que era inútil qualquer tentativa de escapar.

Ele encostou sua cabeça na rocha fria. Esses homens eram especialistas. Era pouco provável que ele soltasse os nós. Ele estava tentando sem sucesso desde o momento em que um dos índios havia lhe amarrado. Não tinha conseguido nada então, nem nada agora. Era inútil e ele se amaldiçoava por não ter lutado na cidade. Claro, ele estaria morto, mas teria levado alguns desses vagabundos com ele. Seu dilema agora resultaria em apenas uma baixa. Ele abaixou a cabeça em direção ao peito, o desespero crescendo dentro dele. Se ele pudesse ver Maddie mais uma vez, então nada disso pareceria tão ruim. Um tolo ele havia sido por deixá-la. Um tolo por ter vindo nessa missão maluca. Um tolo por não ter esperado Cole se recuperar. Juntos, eles poderiam ter acabado com todos eles. O destino havia trabalhado contra ele, como sempre. Malditas sejam essa situação e essa vida amaldiçoada.

Algo fez com que Stone se virasse e se sentasse em seu saco de dormir, em estado de alerta. Um movimento na escuridão, um piscar de olhos brilhantes como velas na noite. Com extremo cuidado, ele pegou seu revólver e puxou o martelo. Um coiote, talvez mais de um, circulando-o. Ele deveria ter feito uma fogueira, mas o medo de ser visto evitou que o fizesse. Talvez tivesse sido um erro.

Ele passou as mãos pelo chão, encontrou uma pequena pedra e se pôs de pé, preparado para abrir fogo se um dos coiotes se aproximasse. Ele arremessou a pedra na direção dos olhos. Um ganido, seguido pela desesperada retirada do animal e, mais uma vez, Stone estava sozinho.

Soltando um longo suspiro, ele relaxou e ia voltar para sua cama improvisada quando viu algo do canto de seus olhos. Uma luz, vindo do oeste. Dessa vez não vinha de nenhum animal. Movendo-se por um amontoado de rochas, ele subiu por elas e observou a noite. Um acampamento. Sem dúvidas. Quem quer que fosse, havia revelado sua posição, da mesma forma que ele havia evitado fazer. Ele deu aos céus um pequeno agradecimento. Poderia ser Roose, voltando de seu encontro com Kestler? Sem ter como saber, tudo o que poderia fazer era esperar. Algo dentro dele dizia o contrário, no entanto. Um sentimento, uma suspeita de que talvez não fosse Roose. Talvez homens, enviados por Kestler para rastrear Stone. Inquieto, ele voltou a seu acampamento e apressadamente enrolou seus cobertores. Ele cavalgaria de volta a Reuben Cole sem demora. Se fosse Roose, então tudo estaria bem, mas se não fosse... Cerrando os dentes, ele trabalhou febrilmente e logo, com as cargas em seu cavalo, ele partiu em um ritmo constante pelas pradarias, o amanhecer que se aproximava não era nada além de uma mancha cinza clara no horizonte distante.

Tiras de bacon e grãos eram preparados em uma frigideira enegrecida, enquanto Brody, alongando os membros, ordenava dois de seus companheiros a trazer Roose a frente.

'Não temos tempo de brincar com você, meu amigo,' disse Brody enquanto os outros cortavam as amarras de Roose e retiravam seu casaco e sua camisa. Sua camisa branca brilhava na fria luz da manhã. Em breve, quando o sol subisse, a temperatura também subiria. Sua pele iria empolar e queimar. Ele permaneceu parado, vacilante, derrotado, enquanto eles cortavam suas calças e deixavam-no tremendo ali, como um peru depenado, pronto para a panela.

Lentamente, Brody sacou sua grande lâmina Bowie. Ele testou o fio com seu polegar e assobiou. 'Quantos de vocês estavam lá, meu amigo, caçando-nos?'

Os olhos de Roose se ergueram, escuros, desafiadores. Ele pode muito bem ter aceitado seu destino, mas estaria condenado se contasse alguma coisa a este monstro. Sorrindo, Brody assentiu para seus homens, que seguraram Roose pelos braços e pernas. Quatro homens, cacarejando como crianças febris e maliciosas, impacientes para a diversão começar.

Brody se aproximou, a lâmina diante de seu rosto. 'Você vai me contar, exatamente como seu amigo contou.'

Roose queria gritar. Então, eles haviam pego Stone. O jogo acabou.

'Então por que não se salvar da dor? Ou você gosta de dor?' Roose murmurou algo, balançando a cabeça. 'Não, claro que não.

Mas *essa* dor, ela não vai ser como nada que você já tenha experimentado antes.' Tomando seu tempo, Brody posicionou a lâmina contra o estômago murcho de Roose e suavemente desceu até sua masculinidade. Ele continuou, o tempo todo com os olhos fixos nos de Roose, cujos dentes batiam quando o verdadeiro horror do que estava para acontecer o atingiu em cheio.

Virando a lâmina, Brody repousou a ponta contra o reto de Roose.

'Vou perguntar mais uma vez, amigo. Quantos homens vieram com você, e onde eles estão agora?'

Roose apenas olhou feio.

Brody empurrou a lâmina e o grito que se seguiu voou pelas planícies mais alto que um trovão.

Deitado sobre sua grande barriga, Soloman olhou para baixo de onde estava, onde Brody e seus homens davam seus toques finais a sua tortura de Sterling Roose. Rolando, ele olhou para os céus por um momento, passou uma mão calejada pelo rosto e se sentou. Do outro lado de onde ele estava, Amy Childer estava sentada com as costas em uma árvore escurecida, as lágrimas rolando sobre a sujeira em seu belo rosto.

'Isso não vai acabar bem para ninguém,' Soloman disse e então se levantou. Ele cambaleou até ela e se jogou no chão. 'Ouça, o que eu fiz nocauteando aquele F.D.P. lá, resgatando você, isso significa que eles virão por mim, para me matar.' Ele mexeu o ombro e estremeceu. 'Sorte a minha que aquela bala só me feriu. Duas vezes me atiraram aqui, e duas vezes a bala não se alojou. Não é algo incomum. Eu quase sempre fui sortudo, por toda a minha vida. E agora conheci você.'

Os olhos dela se ergueram. Havia malevolência em seu olhar, determinação também. 'Se você acha que é melhor que aqueles medonhos homens de Kestler, você tem outro problema para resolver, senhor. Agradeço por acabar com aquela escória da maneira que fez, mas também sei que aquele outro foi matar meu Stacey. Minha vida não tem futuro agora, então você pode muito bem me matar e acabar com isso.'

Ele ficou boquiaberto. 'Matar você? Por que eu faria isso? Não, não vou matar você. Ouça, acho que se você me levar até sua casa, podemos nos esconder lá por um tempo, então farei meus planos.'

'Você não vai se esconder em lugar algum que tenha algo a ver comigo, senhor.'

'Então eu deixo você a deriva, é isso? Você certamente não aprecia minhas gentilezas.'

'Suas gentilezas? Você ia me entregar para Kestler e deixá-lo fazer o que quisesse, até que você percebeu que ele não faria acordo algum com você. Vocês são todos iguais − assassinos, trapaceiros e canalhas, vocês todos!'

'Você é meio que uma gata selvagem. Gosto disso em uma mulher.'

Ela virou a cabeça para o lado, lágrimas desciam por seu rosto. 'Atire em mim. É a única coisa que quero de você.'

'Bem, não é a única coisa que você vai conseguir.'

Ela olhou para ele, aterrorizada. 'Não. Por favor, eu lhe imploro...'

'Não consigo te entender, mulher. Num minuto você está implorando para eu atirar em sua cabeça, no minuto seguinte você resiste aos meus avanços. O que você quer exatamente?'

'Voltar para casa. Enterrar meu marido, depois deixar esse lugar esquecido por Deus de uma vez por todas.'

'Sozinha? Madame, esse pode ser o século XX e tudo, mas pelo que eu acabei de testemunhar, ainda há muita gente má perambulando por estas terras. Melhor você ir para casa e esperar por mim.'

'Esperar por você?'

'Por que não? É uma boa proposta. Vou cuidar de você, tratar você bem...' Ele piscou. 'E satisfazer você, isso eu garanto.'

'Você se acha muito mesmo, não é.'

'Madame, de onde eu vejo, você não tem muita escolha. Eu adoraria dividir minha vida com você, me estabelecer, talvez construir um negócio. Kestler me deu algumas ideias com as quais trabalhar, então tudo isso deve acabar bem no final.'

Ela o considerou por um longo tempo. 'Tudo bem. Posso ver que você é um homem talentoso, diferente de Stacey, que bebe até não aguentar mais toda noite. A probabilidade de ele estar morto, baleado por aquele magrelo com o cachimbo. O que é louco é que eu não poderia me importar menos. Minha vida se seguiu para lugar nenhum rapidamente nos últimos anos, talvez eu precise de uma nova direção.'

'Lhe darei qualquer número de direções, eu prometo.'

Depois de explicar basicamente como chegar à sua casa, ela saiu correndo enquanto ele, checando suas armas, voltava-se para Brody e seus homens, cuidadoso para manter a distância, sabendo que agora eles fariam o caminho de volta para Reuben Cole agora que eles haviam finalizado os negócios com seu prisioneiro. Tanto eles como Soloman precisavam de Cole morto, pois ele representava problemas e, assim que soubesse que seu parceiro estava morto, o desejo de vingança o levaria adiante implacavelmente, como um motor de trem dissecando as pradarias e abrindo caminho para o mundo moderno. Ele teria que morrer, decidiu Soloman. Brody e seus homens também.

CAPÍTULO VINTE

Stone avistou a nuvem de poeira assim que ele ganhou altura. Estavam a uma distância considerável dele, mas não havia erro. Quem quer que tivesse feito aquele acampamento estava vindo atrás dele. Perseguindo-o. Pelo tanto de poeira, ele sabia que havia mais de um, então isso excluía a possibilidade de ser Roose. E eles cavalgavam rápido. Ele desejou ter os binóculos de Roose para identificar quem eles eram. Amaldiçoando sua má sorte, esporeou seu cavalo e o fez galopar, indo para o único lugar onde ele se sentiria seguro – a casa de Reuben Cole.

Sentado em sua extensa varanda, Cole observava a vasta paisagem ao redor de seu rancho. Desde o dia anterior, ele se sentia inquieto, andando por sua grande casa sem direção, ignorando os pedidos de Maddie para que descansasse. 'Já descansei o bastante,' ele disse para ela e passou um bom tempo limpando suas armas, checando sua sela e sua rédea, garantindo que seus cantis e sacos de grãos estivessem preparados e prontos.

'Você não vai para lá,' ela disse, vindo para a varanda. Suas mangas estavam dobradas, um lenço escarlate amarrado ao redor de sua cabeça, rosto vermelho de cansaço.

'O que você estava fazendo lá dentro?'

'Faxina. Não sei quem era a moça que vinha aqui, mas há muito trabalho a ser feito antes de ter esse lugar arrumado.'

Ele sorriu, apesar do peso que sentia em seu coração. 'Você não precisa fazer nada disso, Maddie.'

'Claro que preciso,' ela disse, sentando em seu colo. Ela passou os braços ao redor de seu pescoço e o beijou apaixonadamente. 'Você precisa de uma mulher para cuidar de você, Cole.'

'Bem, tenho a esperança de que encontrei uma.'

Eles beijaram-se novamente, mas de repente ela ficou tensa e recuou, preocupada. 'Quando vamos contar a Sterling?'

Mudando de posição, Cole afastou o olhar, constrangido, desconfortável. 'Não sei. Vai ser a coisa mais difícil que já fiz.'

'Pior que caçar índios?'

'Muito pior,' ele disse sem hesitar. 'Ele é meu único amigo de verdade. Sei o quanto você significa para ele.'

'Não é como se tivéssemos planejado isso, Cole.'

'Eu sei disso. Não facilita as coisas, no entanto.'

Ela pôs a cabeça em seu ombro, acariciando as costas de sua cabeça, e os dois mergulharam em seus próprios pensamentos.

A princípio, erguendo os olhos alguns momentos depois, Cole acreditou que a nuvem de poeira era um mero redemoinho causado pelo vento, como ocasionalmente acontecia. À medida em que focou seu olhar, ele percebeu que era um cavaleiro se aproximando. Ele cutucou o braço de Maddie. 'Entre no escritório, Maddie, pegue para você uma Winchester do armário.'

Se ajeitando, ela se sentou e seguiu o seu olhar. 'Poderia ser Sterling.'

'Poderia, mas ele está galopando como se os cães do inferno estivessem em seu calcanhar.' Ele se abaixou para o lado e sacou seu rifle de repetição, carregando-o com um cartucho. 'Vá buscar aquela arma e fique lá dentro.'

Sentindo sua tensão, Maddie imediatamente desapareceu dentro da casa. Cole levantou-se.

Ele esperou, toda sua atenção ao cavaleiro.

Não era Roose. Ausentes estavam seu sobretudo preto e seu velho Stetson surrado, que Sterling sempre usava. O cavaleiro estava de cabeça descoberta, vestido com uma camisa azul claro e calças jeans.

Caindo sobre um joelho, Cole levantou a mira dobrável e apertou os olhos ao longo do comprimento do cano até ter o cavaleiro em sua vista. Ele levou um susto quando o homem se aproximou. '*Stone,*' ficou boquiaberto e se levantou.

Stone puxou sua montaria bruscamente, o cavalo chutava e relinchava, os olhos alarmantes arregalados, as narinas dilatadas. O jovem homem pulou antes que a poeira baixasse e correu até Cole.

'Eles estão vindo, Sr. Cole. Cinco deles.'

'Vindo? Quem está vindo?'

'Os homens que... Ah, tenho que dizer isso, Sr. Cole.' Sem aviso, as lágrimas escorreram de seus olhos e ele desabou no último degrau da escada que levava à varanda. Sem se segurar, suas emoções reprimidas explodiram como as águas de uma represa rompida. Com o rosto em suas mãos, ele chorava descontroladamente.

'Filho,' disse Cole com calma, sentando-se próximo a ele. Ele gentilmente passou o braço ao redor dos ombros de Stone. 'Tente me contar o que diabos está acontecendo.'

Lutando para suprimir seus soluços, Stone ergueu a cabeça e engoliu em seco, acalmando-se. 'Sr. Roose e eu decidimos ir para a cidade. Lawrenceville. Sr. Samuels, ele disse que não queria se envolver em nenhuma morte, então nos deixou. Mas então, enquanto nos movíamos na direção da cidade, vimos os índios. Comanche, acredito. Eles tinham Sr. Samuels com eles. Sr. Roose, ele ficou... Não sei como explicar, mas ele mudou. Ele já havia...' Stone esfregou os olhos fechados. 'Cougan, você lembra dele?'

'Eu o conheço. Seu pai cavalgou conosco muitos anos atrás.'

'Ele... Sr. Cole, nunca vi nada assim acontecer. Cougan ficou muito agitado quando Sr. Samuels disse que estava voltando para cá. Cougan sacou uma faca e ia matar o pobre Sr. Samuels—'

'Ele ia fazer *o que*?'

'É verdade, eu juro. Mas Sr. Roose, ele chegou nele por trás e enfiou sua própria faca profundamente nas costas de Cougan, o matou bem ali. Então, ele apenas deitou-se no chão e foi dormir, como se nada tivesse acontecido.'

Cole desviou o olhar para o campo aberto. 'Sterling tem agido meio estranho nos últimos meses. Como se estivesse perdendo o controle de seus sentidos.'

'Ouvi dizer que esse tipo de coisa acontece com as pessoas mais velhas. Mas Sr. Roose não é tão velho, é?'

Cole não respondeu, apenas soltou um breve suspiro. 'Continue com sua história, filho.'

'Bem, quando os vimos cavalgando com Sr. Samuels, Sr. Roose me enviou de volta para cá, para dizer a você para pedir soldados para Lawrenceville para prender aquele Kestler. E aí ele foi para lá.'

'Sterling foi para a cidade?' Stone assentiu, fungando alto. 'Foi enfrentar Kestler sozinho?'

'Era a ideia dele, eu acho. Disse que iria apenas conversar, persuadir Kestler a deixar Sr. Samuels ir. Mas... Sr. Cole, ele estava diferente. Frio. Como se estivesse em outro lugar.'

'Caramba,' disse Cole, esfregando o rosto, pensativo. 'Ele estava determinado a matá-lo. Sei disso pelos velhos tempos, como Sterling se transformava em um homem possuído.'

'Há algo mais.'

Cole assentiu. 'Imaginei que houvesse.'

'Eles estão me seguindo. Aqueles comanches. Estão no meu rastro dia e noite. Eu trouxe-os direto a você, Sr. Cole.'

Então algo curioso aconteceu.

Um sorriso surgiu no rosto de Cole. 'Essa foi a melhor coisa que você poderia ter feito, filho.' Ele virou-se para o jovem cavaleiro. 'Você pegue essa sua grande Sharp e suba para a sacada com Maddie. Quando eu der o sinal, vocês botem chumbo naqueles desertores até que não sobre nenhum deles de pé.'

'O que você vai fazer?'

Cole levantou-se, colocou a Winchester sobre o ombro, e sorriu novamente. 'Vou dar-lhes o maior choque de suas vidas.'

De onde eles pararam seus cavalos, o casarão parecia vazio. O homem da cicatriz cruzou as mãos no punho da sela e se inclinou para frente. 'Ele deve estar lá dentro.'

'Os rastros dizem que ele veio por aqui,' disse um outro, lendo os sinais no chão.

'Então teremos que entrar e trazê-lo para fora,' disse Brody. Ele sorriu para os outros. 'Assim que o tivermos, podemos fazer uma busca pela casa e levar o que Soloman deixou para trás. Sr. Kestler vai ficar mais do que satisfeito.'

'Ele ainda tem que nos pagar,' disse o da cicatriz.

'Ele não vai ter problemas quando a isso.' Ele estudou o andar de cima e algo lhe fez ficar cauteloso. 'Não tenho certeza, mas acho que talvez ele esteja ali, observando.'

'Observando?' O da cicatriz sacou o revólver. 'Vamos logo lá dentro matar aquele velho.'

Brody grunhiu assentindo e guiou seu cavalo adiante.

Da sacada, Maddie e Stone, que estavam de bruços, se ajoelharam e abriram fogo contra os índios, um tiroteio ensurdecedor e quase contínuo.

Berrando ordens no tumulto, Brody puxou seu cavalo para longe, contra atacando com sua Colt, na direção da sacada, selvagens tiros. Uma pesada bala atingiu o índio ao seu lado, jogando-o no chão. Um outro gritou, balas acertando seu peito. 'Espalhem-se,' gritou Brody, freneticamente chutando os flancos de seu cavalo, enquanto seus outros dois companheiros se dispersavam em direções opostas.

Enquanto lutava para controlar sua montaria enfurecida, Brody viu a morte se aproximando rapidamente.

Um cavalo vinha trovejando do flanco distante, batendo forte no chão, em rota de colisão com Brody e seus homens. Ele ficou boquiaberto em descrédito, sem saber o que fazer, sem entender por que o cavalo atacava com tanta determinação. Tanto controle.

Logo, após alguns piscares de olhos, ele viu o porquê.

Um homem, escondido de vista se posicionando na lateral oposta do cavalo, subiu na sela, mirando e atirando com uma Winchester. Tiros certeiros, alguns indo para longe devido ao impulso do cavalo, mas atingiram o alvo balas suficientes para tirar os Comanches restantes de suas selas enquanto eles tentavam desesperadamente fugir.

Cole jogou a Winchester sem munição ao chão, sacou sua Colt Cavalinho do coldre e meteu uma bala no ombro direito de Brody, jogando-o sobre o dorso de seu cavalo, que empinou, relinchando, e disparou pelo campo seco.

'Cole!'

Firmando seu cavalo, Cole circulou seu atacante, que se contorcia no chão, e ergueu seus olhos para ver Maddie de pé na sacada, o braço contra a testa. 'Cole, pelo amor de Deus...'

'Está tudo bem,' ele cuspiu e desceu de sua sela.

Brody gemia, sangue jorrando da terrível ferida acima de seu peito. Seu próprio revólver estava tentadoramente próximo mas, quando seus olhos febris fixaram-se nele, Cole o chutou para longe de alcance. Ele empurrou de volta o martelo de sua arma. 'O que você fez com meu amigo?'

De algum lugar, no meio do mar de dor que o banhava, Brody ficou ciente da voz de Cole. As palavras. Seus significados. Ele forçou um sorriso. 'Vá se danar', ele disse.

Passando a língua pelos lábios, Cole balançou a cabeça e guardou a Colt em seu coldre. 'O problema, garoto, é que eu derrubava escórias como você por essa terra um quarto de século atrás, então sei de tudo sobre vocês. Sei que sentiriam um grande prazer em torturar meu amigo.' Ele acenou para a faca Bowie embainhada na cintura de Brody. 'Vocês teriam usado isso, partindo meu amigo de cima a baixo. Já vi isso. Eu conheço isso. E agora,' ele fez uma pausa de efeito antes de puxar o seu próprio facão, por volta de doze polegadas de aço frio, 'agora, o mesmo vai acontecer com você.'

'Não vou lhe contar nada, gringo.'

'Oh, sim, você vai,' disse Cole, 'você vai me contar tudo.'

Dentro de cinco minutos de trabalho, Cole ouviu tudo o que precisava saber. Ele não ouviu os gritos de Maddie nem viu Stone vomitando. Ele não ouviu nem viu nada. A não ser o que Brody dizia. E então Cole deixou o homem todo aberto para sangrar sob o sol que queimava naquele terrível e longo dia.

'Queime os corpos,' Cole disse a Stones mais tarde, checando suas armas e enrolando seus cobertores. 'E aí, vá para a cidade e envie um telegrama para o Exército na Cidade de Carson, diga-lhes o que está acontecendo em Lawrenceville. Que Kestler está bancando suas ações na ferrovia roubando objetos de valor dos casarões ao redor de Freedom. Acha que consegue fazer isso?'

'Com certeza, Sr. Cole. Vou usar o telefone. Vai ser mais rápido.'

'Ótimo,' disse Cole. Quanto mais rápido, melhor, ele pensou. Ele não tinha ideia de quantos homens trabalhavam para Kestler. Ele precisaria de todo o seu juízo, bem como de todas as suas habilidades. Apesar dos hematomas e dores nas articulações do roubo inicial causarem-lhe agora muito menos desconforto, uma pequena dúvida permanecia. O ataque a Brody e seus parceiros comanches havia exigido muito dele. Não importa o quão difícil fosse admitir para si mesmo, Cole sabia que a idade pesava contra ele. Cavalgar em seu cavalo no velho estilo apache havia exigido muito dele. Suas costas estavam tensas e suas coxas queimavam como se estivessem mergulhadas em água fervilhante.

'Você não pode ir,' disse Maddie, aparecendo de repente, seus olhos cheios de lágrimas. 'Eu lhe imploro, Cole. Você não pode.'

'Eu tenho que ir,' ele disse sem erguer os olhos de suas preparações. 'Você sabe disso.'

'Não sei nada disso! Se você for lá sozinho, vai acabar morto, igualzinho Sterling.'

Cole parou de amarrar seu saco de dormir e mordeu o lábio. 'Isso é exatamente o motivo de eu precisar ir, Maddie. Ele era meu amigo. Morrer assim...' Ele balançou a cabeça e engoliu o luto. 'Vou fazê-los pagarem pelo que fizeram. É isso o que tenho que fazer.'

'Se você voltar, sua mula teimosa, não vou estar aqui.'

Ele virou o rosto e encarou seus belos e encharcados olhos. 'Sim, você vai.'

'Não vou, maldito seja!' Ela voou em sua direção, seus punhos batendo em seu peito, as lágrimas caíam por suas bochechas. 'Não poso perder vocês dois.'

Ele foi abraçá-la, segurá-la junto dele, para dar algum conforto e segurança. Violentamente, ela se libertou dele, suas feições distorcidas em uma máscara de pura raiva e fúria. 'Eu juro, se você for, vou embora.'

Eles sustentaram o olhar um do outro por um longo tempo até que Cole recolheu suas coisas e saiu para o cavalo que o esperava. Consciente de que ela estava parada ali, olhando feio para suas costas, mesmo assim ele não se permitiu se virar. Em vez disso, ele subiu na sela e gentilmente conduziu seu cavalo ao longo do campo em direção à cidade de Lawrenceville e ao acerto de contas que esperavam todos eles.

CAPÍTULO VINTE E UM

A cidade não se mostrou tão movimentada quanto ele esperava. Verdade, havia pessoas, lojas abertas, o estábulo de libré e as lojas de mercadorias faziam breves negócios, mas faltava alguma coisa. Simpatia, cordialidade, chame do que quiser, essas coisas não eram vistas nos abatidos e infelizes rostos da população. Em seu coração, havia uma tangível indiferença, uma aceitação de sua sorte. Esse não era um lugar feliz.

Havia dois homens sentados do lado de fora do primeiro saloon que Cole foi, chapéus abaixados sobre seus rostos, pernas, envoltas em botas de montaria de cano alto, esticadas, suas armas mostravam ao mundo exatamente quem eles eram. Engolindo sua crescente raiva, Cole desceu de seu cavalo e prendeu a rédeas no poste de amarração. Isso era como voltar no tempo. A vida fora da lei que uma vez se apegou ao Oeste parece ter encontrado sua última fortaleza naquela sombria e pouco convidativa cidade.

Enquanto ele subia os degraus que levavam até as portas do saloon, os dois homens despertaram e o estudaram com olhares frios. Ele tirou o chapéu e entrou.

Sendo fim de tarde, havia poucos clientes lá dentro. Dois outros pistoleiros estavam em uma mesa redonda jogando baralho, expressando tédio em seus rostos, fumaças de cigarro sobre eles formavam sinistras nuvens. Meia garrafa de whisky estava no meio da mesa, um montante de moedas de dólar espalhadas ao seu redor. Uma mulher que usava um corpete apertado do mais brilhante escarlate ergueu o olhar de sua posição montada no colo de um dos pistoleiros e deu a Cole um sorriso. O homem seguiu seu olhar. Ele não sorriu.

Enquanto Cole ia diretamente para o bar. Ele ouviu uma troca de comentários vindo da mesa da jogatina. Ao mesmo tempo atravessaram a porta os dois que estavam lá fora. Cole fechou os olhos, fazendo o possível para permanecer calmo. Ele ainda não buscava um confronto, mas ser intimidado poderia colocar fogo no fusível. Soltando um longe suspiro, ele chamou a atenção do barman. 'Vocês servem café?'

'Servimos o que você quiser, estranho.'

'Café preto.'

Assentindo, o homem foi até a outra ponta do bar para preparar o pedido e Cole ouviu eles se aproximando.

Dois da mesa, dois das portas.

Ele manteve os olhos bem fixos à frente e podia vê-los com clareza no grande espelho na parede atrás do balcão.

'Esse é um belo de um equipamento que você tem aí, senhor,' disse um deles.

Cole virou-se e estudou o homem que estava ao seu lado. Alto e desengonçado, em sua cintura um gasto revólver New Model Police da Remington em seu coldre, ajeitado para um saque rápido. Era a arma de Roose. Cole segurou sua crescente fúria dentro de si, o quase debilitante desejo de estender a mão e extinguir a vida do homem difícil de controlar. Mas ele conseguiu. Em vez de matar o homem, deu de ombros. Ele também portava o mesmo equipamento. 'Poderíamos ser gêmeos.'

Os outros riram, mas o cara alto franziu a testa. 'O que você está querendo por essas bandas, senhor?'

Ignorando o tom ameaçador, Cole sentiu um certo alívio quando o barman voltou com seu café. Ele tomou um gole e assentiu em apreciação. 'Isso está bom.'

'Eu lhe fiz uma pergunta.'

'Bem...' Cole colocou a xícara de volta em seu pires e a girou, ciente e gostando da impaciência do homem. 'Estou de passagem.'

'De passagem para onde?'

'Casa.' Os outros não se juntaram, permitindo que o desengonçado falasse sozinho. Talvez a isca pudesse aumentar as coisas rapidamente, então Cole tomou seu tempo, tentando acalmar as tensões. Ele disse, tão calmo quanto pudesse, 'Amigo, você parece meio agitado. Eu fiz alguma coisa que tenha lhe ofendido? Se fiz, então peço desculpas.'

O que estava a sua esquerda limpou a garganta, 'É, vamos, Bart, deixa isso pra lá.'

'No seu caminho para casa,' disse Bart, ignorando as palavras de seu camarada. 'E onde é sua casa?'

'Tucson. Deixei o exército por volta de um mês atrás, e estou dando um tempo cavalgando pelo campo por uma última vez.'

'Deixou o exército?'

'Sim, senhor. Fui um batedor para eles pelos últimos trinta anos ou mais, mas meu tempo acabou. Forte Concho será encerrado em breve, agora que a fronteira está tomada.'

'Foi isso o que você fez, senhor?' perguntou o da sua esquerda. Um homem mais jovem, seu jovem rosto brilhava com uma endiabrada curiosidade. 'Você esteve lá fora lutando com índios e tudo?'

'Sim, estive. Mas isso foi a um tempo atrás.'

Outro homem se inclinou para frente, 'O que você acha daquele Buffalo Bill e seu Show do Oeste Selvagem?'

Cole gargalhou e acabou seu café. 'É assim que é chamado? Eu não saberia dizer.'

Encostando por sobre o balcão com seu cotovelo direito, Bart parecia mais sério do que nunca. 'Então o que você acha dele, esse Buffalo Bill? Teve negócios com ele?'

'Nada assim, não. Eu o vi de longe uma vez, muitos anos atrás. Nunca o considerei nada mais do que um oportunista.'

'Um opor-o-que?' perguntou o mais jovem.

Cole olhou para ele. 'Talvez não ele exatamente, mas pessoas como ele arrancaram o coração dos índios pelo que fizeram.'

'Como eles fizeram isso?'

'Eles tomaram seus meios de viver. A relação deles com os búfalos vem de muito tempo antes do homem branco chegar nessa terra, mas nós achamos adequado destruí-los. Ou, pelo menos, tentar. Os índios viviam com os búfalos, usavam sua carne, sua pele. Até seus tendões. Tudo o que o homem branco fez foi cortar seu couro e deixar seus corpos apodrecendo nas pradarias.'

'Parece que você é um admirador de índios, senhor.'

Cole deu a Bart um olhar de desprezo. 'Se não tivéssemos tomado a alma deles, o meio de vida deles, nós não teríamos os problemas que tivemos, e nem as mortes.'

'Tudo porque matamos os búfalos?'

'Principalmente, no meu ponto de vista.'

'Mas você lutou contra índios?' disse o mais jovem. 'Você os conheceu pelo que eles eram. Escória assassina.' Os outros murmuram concordando. 'Ouvi dizer que mais deles fugiram da reserva. Comanches.'

'Eles deveriam estar todos enforcados,' disse Bart, por dentes cerrados. 'Não são nada mais do que animais.'

'Acredito que você nunca conheceu um? Cara a cara, eu quero dizer. Conversou. Tentou entendê-los?'

'E você conheceu?'

Cole assentiu. 'Em muitas ocasiões.'

Bart virou-se e cuspiu na escarradeira aos seus pés. 'Como eu disse, um admirador de índios.'

'Não perdoo o que fizeram, a colonos e tudo,' Cole continuou sem se abater, 'mas eu entendo. Você toma a madeira de um carpinteiro, o que ele vai fazer? Tornar-se um fazendeiro? Depois uma vida toda fazendo coisas com usas mãos... É o mesmo com os índios. Os *Senhores das Planícies do Sul* é como chamavam os comanches. Mas isso era no tempo em que essa era a sua terra. Agora é nossa, mas pelo menos os búfalos estão voltando.' Ele se afastou do balcão e esticou as costas. 'Você sabe de algum lugar que tenha quartos?'

O barman, a quem Cole falou, enxugava suas mãos no avental. 'Penny Albright tem quartos. Você vai encontrá-la duas ruas abaixo, à direita do Banco Mercantil Crosskeys.'

Cole pegou seu chapéu e deixou um dólar no balcão. 'Fique com o troco.'

'Achei que você estivesse de passagem?'

Virando-se com um sorriso para Bart, Cole considerou o equipamento do homem, decidindo que ali e agora ele seria o primeiro a morrer. 'Vou precisar de uma boa noite de descanço primeiro. Então, depois de um farto desjejum, estarei em meu caminho.' Ele assentiu a todos. 'Vejo vocês por aí.'

Ele saiu, passando pelas portas e parou para observar a cidade. Os pistoleiros se aproximaram atrás dele, as esporas tilintando alto no silencioso interior do saloon. Sem olhar para trás, Cole foi até seu cavalo e subiu na sela.

Ele encontrou a pensão sem muitos problemas.

Penny Albright não era bem o que Cole esperava. Ele não sabia exatamente *o que* esperava mas a elegante mulher de meia idade com um rosto incrivelmente belo e olhos verdes que brilhavam maliciosamente que o recebeu quando ele chegou certamente não era!

Ela mostrou-lhe seu quarto, que era pequeno, bem iluminado e mobiliado com conforto e limpeza. Uma súbita vontade de pular na cama e se divertir no colchão surgiu nele, mas se segurou de pé, a admirando. Ele checou sua mão e viu que ela usava um anel. Além do mais, ela percebeu que ele estava olhando e ele corou.

'Meu marido é o intendente, senhor...?'

'Cole. Reuben Cole.'

'Você está se sentindo bem, Sr. Cole? Você parece meio avermelhado.'

'Avermelhado?' Ele passou a mão no queixo, ainda sentindo o calor. 'Não, não, estou bem.'

'Não, eu quis dizer a ferida.'

'Ah!' Ele forçou uma risada, mais desconfortável a cada segundo. Ele deitou-se na cama, sentindo-se casado de repente, a dor em suas costelas voltando com tudo. Ele passou a mão em seu lado direito sem pensar. Ela ficou com uma expressão preocupada. 'Eu, er, tive um acidente no campo. Nada sério.'

'Você parece esgotado, se não se importa de eu dizer isso, Sr. Cole. Vou trazer-lhe o jantar ao seu quarto, assim você não precisará descer. Tenho apenas mais um outro hóspede, um caixeiro viajante da Cidade de Kansas. Ele também estará partindo pela manhã.'

'É uma cidadezinha bem movimentada então?'

Ela ia falar, então pressionou os lábios e parou. Ele franziu a testa. 'Costumava ser uma *boa* cidadezinha, Sr. Cole. Até que certos elementos desagradáveis vieram e fizeram sentir sua presença. Muitas pessoas partiram desde então.'

'Ah, sim. Acho que conheci alguns no saloon quando cheguei.'

'Pistoleiros?' Ele assentiu e novamente ficou ciente de seus olhos se fixando em sua arma. 'Talvez isso seja algo do que o senhor sabe muito, Sr. Cole?'

'Sou um batedor do exército, madame. Costumava ser. Cavalguei por cada centímetro desse território e homens como estes no saloon foram meus companheiros por muito tempo.'

'Não eram companheiros amigáveis, espero.'

'De fato, não, madame. Não tenho muito envolvimento com homens desse tipo. O que exatamente eles estão fazendo aqui, você sabe?'

'São empregados de um homem chamado Kestler. Randolph Kestler. Não devo entrar em detalhes, pois ele não é um homem de hábitos cristãos e trouxe rancor e malícia sem fim para Lawreceville. Ele tem ações na ferrovia e procura expandir os trilhos para Novo México e além, lucrando com o transporte de novilhos. Ele fez grandes investimentos e cortejou a avareza dos barões do gado daqui até a fronteira mexicana. Para que eles confiassem nele em mover seus rebanhos, ele precisava de uma cidade ordenada e muitas surgiram ao longo da ferrovia, mas não são muitas que são *ordenadas* da mesma maneira que essa.'

'Entendo.'

'Não tenho certeza se você entende, Sr. Cole.'

'Ele é um homem de negócios, procurando fazer sua companhia crescer.'

'Um homem de negócios que quer fazer sua companhia crescer juntando dinheiro de qualquer maneira que ele possa.'

'Desonestamente, você quer dizer?'

Ela franziu os lábios, obviamente desconfortável em discutir tudo isso com um perfeito estranho. Cole entendeu e não a pressionou. Como ela poderia saber quem ele era? Na realidade, ele poderia até mesmo ser algum empregado de Kestler, enviado para ouvir a opinião pública. Ele suspirou e levantou-se, jogando seu chapéu e retirando sua jaqueta. Ele estremeceu quando sentiu uma onda de dor e ela correu para seu lado para ajudá-lo.

'Você precisa descansar, Sr. Cole.'

'Obrigado, Sra. Albright.'

Ela observou enquanto ele se esticava na cama.

Dentro de um piscar, ele dormia profundamente.

CAPÍTULO VINTE E DOIS

O vento sobrava pequenos redemoinhos de areia na rua principal e os cavalos amarrados aos postes batiam as patas no chão, relinchando em desconforto quando pequenos fragmentos de cascalho batiam em suas faces ou pedaços mais pesados atingiam suas ancas.

Kestler, sentado em sua cadeira de balanço fumando um grande cigarro, se levantou e esticou as costas. 'Tempestade chegando,' ele disse para ninguém em particular.

Ele deu meia volta para voltar para dentro. A promessa de uma refeição quente e uma taça de bourbon em frente ao fogo era extremamente sedutora, mas algo o fez parar. Ele virou-se lentamente, esperando ver nada além dos agitados cavalos, ansiosos para estarem dentro do estábulo. Em vez disso, ele viu um homem. Alto, vestido um casaco de camurça e botas compridas, uma bandana cobrindo a maior parte de seu rosto, o chapéu de palha de aba larga esvoaçando com tanta força que parecia que iria decolar a qualquer momento.

'Posso lhe ajudar, estranho?'

'Pode ser.' Ele baixou a bandana par revelar suas feições, duras como pedra.

Algo em sua voz, como um aço, fez Kestler ficar tenso. Ele não vacilou quando alguém se moveu atrás dele.

Bart Owens aproximava-se de seu chefe. 'Quem é esse?'

'Não sei.'

Owens limpou a garganta e deu um passo a frente. 'Ei, eu sei quem você é. Vi você ontem à noite. Estava procurando um quarto. Se procura algo mais, nós não—'

'Roose Sterling.'

'Quem—'

Kestler cutucou Bart em seu braço como advertência. 'Vá chamar os rapazes, Bart.'

Algo se passou entre eles e Bart, reconhecendo o medo na voz de seu chefe, rodopiou e correu para dentro.

'Não sei onde ele está,' disse Kestler, mexendo os ombros e colocando os polegares na cintura, a centímetros de seu revólver, 'se é isso o que está perguntando.'

'Claro que sabe.'

Sem aviso prévio, o vento parou, tão de repente quanto quando havia começado, e o alívio dos cavalos era palpável. A tensão de Kestler, no entanto, subia alguns tons. 'Eu disse que não sei.'

O homem continuou em silêncio, até mesmo quando quatro outros apareceram na varanda, batendo as botas, transbordando ira. Talvez seu jogo de baralho tivesse sido interrompido, ou sua bebedeira. Talvez ambos. Claramente, qualquer que fosse a razão, seu humor não era dos melhores e eles estavam de rostos vermelhos, ansiosos para lutar.

'Terei que pedir para que vá embora, senhor. Pessoas como você não são bem vindas nessa cidade. E,' um rápido aceno em direção aos outros, 'como essa é *minha* cidade, eu tenho autoridade.' Ele se inclinou para frente, projetando o queixo, 'Então dê o fora.'

'É isso o que você disse a Sterling antes de expulsá-lo e dá-lo de comer para aqueles selvagens?'

Piscando, Kestler se ajeitou. 'Que selvagens?'

'Por volta de cinco deles. Eles tomaram Sterling, dividiram-no em dois antes de pegá-lo e cozinhá-lo ao sol do meio-dia. Agora, você vai me contar que não tinha nada a ver com isso.'

'Eu não tinha. Quem é você, senhor?'

'O fato é,' o estranho coçou o queixo, 'que eu fui até a reserva antes de vir para cá. Conversei com algumas pessoas lá. É meio incomum que comanches, ou qualquer um deles, fujam de lá hoje em dia. Não tem motivos. Exceto...' Sua mão baixou, 'exceto quando eles recebem alguma oportunidade de fazer dinheiro.'

Alguém assobiou baixinho. Outro tossiu nervoso. Um terceiro pediu licença e voltou para dentro. Kestler não tirou os olhos do estranho nem por um segundo. 'Não sei onde você quer chegar.'

'É mesmo? Bem, deixe-me clarear as coisas para você. Você tem contratado gangues para roubar várias propriedades por essas bandas, pagando-lhes uma pequena quantidade do valor dos itens que eles tomam. Eu sei.' Ele apontou para o grande saloon. 'Eu estava aqui na última noite. Vi uma das pinturas de meu pai na parede lá dentro.'

'*Uma das pinturas...?* Senhor, meu conselho, dê meia volta e saia daqui. Agora.' Ele sorriu, antes de dar mais ênfase às suas ameaças, 'Antes que você se machuque.'

O estranho, no entanto, ignorou as palavras de Kestler e continuou sem se abater, com uma indiferença irritante. 'As coisas de meu pai, não foi por elas que vim aqui. É pelo que fez com Sterling. Você vê, ele era um amigo, e, antes de eu cortar fora os olhos daquele jovem verme que liderava aqueles comanches, ele me disse quem o mandou fazer isso.' Ele passou enrolou a língua dentro de sua boca e deu uma cusparada no chão. 'Foi você, Kestler.'

'Jovem verme? Senhor, parece que você está inventando uma história maluca.'

'Atendia pelo nome de Brody.'

Os pistoleiros de ambos os lados de Kestler enrijeceram-se. Bart ficou boquiaberto. 'Brody? O que você disse que fez com ele? Arrancou seus olhos?'

'E muito mais além disso, depois que matei aqueles que cavalgavam com ele.'

'Isso é mentira,' disse um dos outros.

'É isso o que vai ser você em breve, garoto.'

Um frio de gelar os ossos podia ser sentido por todos.

Kestler, um homem grande, a barriga pesada caindo sobre seu cinto, confiava em suas habilidades. Ele havia matado muitos homens, alguns, como agora, face a face. Algo nesse homem, no entanto, o irritava. Ele nunca havia passado por algo assim, nunca se viu contra um homem desse tipo. Havia algo muito diferente nele. Uma calma. Uma tendência latente para violência. O ar de perigo, de alguém com quem ele deveria ter cuidado.

Deixando essas dúvidas e ansiedades de lado, Kestler deu uma risada e se arriscou. Ele se moveu, tão rápido quanto pudesse, para sacar sua arma, mas antes que seus dedos se curvassem em sua Remington, uma bala o atingiu entre os olhos. Ele se dobrou, sem perceber nada, e caiu com um barulho colossal no chão da varanda, levantando uma nuvem de poeira para pairar como uma mortalha sobre seu cadáver.

Por um momento, ninguém se moveu. Tudo havia acontecido tão rápido. E agora Kestler estava morto. Em um minuto aquela bem conhecida ironia, aquela desdenhosa arrogância, agora nada restava além de uma casca vazia.

Bart Owens foi o primeiro a se recuperar. Ele sacou sua arma, a mesma arma que havia tomado de Roose, a arma que o estranho conhecia tão bem. Duas balas acertaram o peito de Bart, fazendo-o girar descontroladamente para trás através das portas de vaivém e desabar no saloon. Uma mulher gritou.

Os outros hesitaram.

'Ele era seu chefe,' disse o estranho, 'não é mais. Então desistam. Você não estão mais a trabalho.'

Ele permaneceu com a Colt em sua mão, uma pequena trilha de fumaça saía pelo cano.

Por um momento, parecia que ninguém responderia, ou fazer coisa alguma. O mundo parou. Ninguém falava ou respirava. Então, gradualmente, o frio se dissipou. Os olhos dos homens piscaram e seus ombros relaxaram. Eles trocaram olhares e, um por um, eles se viraram e foram embora, deixando o estranho sozinho com o corpo morto de Kestler. Um pequeno movimento de canto de boca foi sua única reação.

Um inconfundível som de um martelo de revólver fez Cole congelar.

'Largue sua arma e dê meia volta, bem devagar, Sr. Cole.'

Ele o fez, a Cavalinho atingindo o chão de madeira com um baque pesado.

'Você é muito bom, digo isso para você' disse o homem. Ele vestia um colete preto, camisa branca com mangas dobradas acima dos cotovelos, óculos levantados sobre sua cabeça. A arma em sua mão mal se movia. 'Mas talvez seus dias tenham chegado ao fim, lutador de índios. Duvido que eu pudesse ter me aproximado de você tão facilmente na época que você caçava comanches nas planícies.'

'Apenas faça o que você precisa fazer.'

Um sorriso apareceu em seu rosto pouco antes de sua cabeça explodir em uma grande bola branca de sangue e cérebro.

Antes que o corpo caísse no chão, Cole havia mergulhado, atingindo as tábuas do chão e rolando. Pegando a Colt Cavalinho, ele conseguiu atirar três vezes na direção do homem, que estava a uns vinte passos ou mais de distância no meio da rua, com sua Winchester carregada com mais um cartucho. De cabeça abaixada, Cole passou pelo que sobrou das portas de vaivém enquanto balas acertavam as paredes ao seu lado.

Ele tomou um momento passando os olhos sobre os clientes aterrorizados escondidos atrás de mesas viradas ou encolhidos nos cantos. Um pistoleiro com a haste de um cachimbo de osso saindo do bolso de sua camisa correu até ele. 'É Soloman,' ele disse. 'Ele me derrubou do lado de fora da casa de Stacey Childer. Devo isso a ele,' ele deu ênfase a essas palavras passando a mão na nuca.

'Essa luta é minha,' disse Cole, aproveitando para recarregar sua arma.

'Não importa quem mate ele,' disse o fumador de cachimbo, 'mas um de nós tem que fazê-lo – ele não vai parar.' Ele sorriu. 'Você me deixou desempregado, Sr. Cole, sendo que matou meus dois patrões. Aquele que tinha você na mira? Era o parceiro de Kestler, atendia pelo nome de Doc Haynes. Soloman, é o que arrombou sua casa. Se ajudarmos um ao outro, talvez você me deixe levar minha parte do saque que eles roubaram.'

'Um parte daquilo é meu.'

O homem ergueu as mãos, 'Ei, não quero dizer a sua parte. Tudo o que preciso é o suficiente para me ajeitar em uma pequena taverna a caminho do México. Essa vida não é para mim. Preciso de uma mudança de cenário.' Ele passou a mão na nuca. 'Ele me bateu tão forte, bem na hora que eu ia acabar com o sofrimento de Childer. Pelo menos acho que foi Soloman. Quando cheguei, todo mundo havia ido embora. Mas de qualquer forma, nunca fui com a cara dele.'

Outro sorriso e ele correu para as portas, agachado, arma em mãos. Ele deu uma rápida olhada lá fora, antes de sair.

Cole atravessou o salão e se encostou na parede ao lado das portas arruinadas. Através da madeira lascada, ele pôde observar o homem com o cachimbo correndo pela esquina e fora de vista.

Dois tiros de Winchester puderam ser ouvidos e disseram-lhe tudo o que ele precisava saber.

Ele olhou de volta para o saloon. As pessoas restantes estavam saindo rapidamente pela porta dos fundos. Acima dela estava uma escada, que levava a vários quartos fechados, onde sem dúvidas as prostitutas entretinham seus clientes. Cole correu até a escada e subiu os degraus dois de cada vez.

Ele tentou cada uma das portas e todas elas estavam trancadas. Xingando, ele deu meia volta e gritou para o barman, que estava sentado atrás do balcão, joelhos pressionados contra o peito, balançando para frente e para trás. 'Chaves,' ele gritou.

O barman olhou com olhos vagos e indiferentes.

'Quero as chaves dessas portas!'

Sua única chance de escapar, ele se convenceu, era sair pela janela de um dos quartos, cair na rua abaixo e tentar rodear o misterioso Soloman. Uma loucura, mas era o que lhe restava, ele compreendia enquanto tiros podiam ser ouvidos à distância, acompanhados de gritos e gemidos. Ele estava matando os clientes que fugiam. O homem estava em fúria. Um homicida maníaco. Enlouquecido. Cole respirou fundo, foi até a primeira porta e chutou a trava da porta com toda a sua força.

Ela se estilhaçou, mas permaneceu firmemente trancada.

Outro chute, mais outro. Cole, respirando com dificuldade, sabia que tinha pouco tempo. Outro chute. A porta cedeu um pouco. Mais dois chutes dariam conta.

Uma bala atingiu a porta, causando uma pequena chuva de lascas de madeira. Ele se jogou de rosto para baixo ao chão, enquanto outra bala atingia a parede onde ele estava apenas alguns momentos atrás.

De onde ele estava deitado, o ângulo fazia com que fosse impossível que Soloman conseguisse um bom tiro. Se ele se mosse, porém...

Ele ouviu uma gargalhada cacarejante lá debaixo, um som que o arrepiou até sua alma. O homem estava realmente gostando da matança.

A primeira bala atravessou o chão de madeira a centímetros da perna de Cole. Soloman estava abaixo dele, dando tiros em pequenos intervalos, pontuando cada tiro com gargalhadas.

'Vou matar você, Cole. Eu deveria ter matado você em sua casa. Achei que tivesse matado, mas você é duro na queda.' A alavanca foi acionada. 'Mas agora, seu dia de acerto de contas está próximo.' O martelo foi armado. 'Adeus, veterano. Divirta-se no inferno.'

O som de tiros explodiu no saloon.

Cole estremeceu, fechando os olhos com força, esperando pela dor escaldante.

Ela nunca chegou.

O cheiro acre de pólvora chegou a suas narinas e ele lentamente soltou a respiração. Ele esperou, tentando ouvir Soloman se movendo lá embaixo. Mas não havia nada. Arriscando-se, ele se sentou e deu uma olhada para o saloon.

Lá, na porta vaivém, estava Stone, a grande Sharps em suas mãos.

———

Amy Childer conduzia sua pequena charrete pela rua principal de Lawrenceville, com Stacey sentado ao seu lado. Havia um bando de pessoas do lado de fora do estábulo de libré, mulheres e homens horrorizados, rostos brancos como cal.

'O que está acontecendo?' perguntou Amy.

'Tiroteio,' disse uma mulher idosa. 'Um estranho chegou e agora todos estão mortos.'

'Todos?'

'Kestler,' disse outra, 'e aquele horroroso Haynes. Todos eles mortos.'

'Um grandalhão foi lá dentro e um jovem rapaz o matou.'

Amy virou-se para o saloon e viu dois homens emergindo, ambos altos, um deles usava camurça. O 'grandalhão' tinha que ser Soloman. Ela agradecia a Deus por isso. E por Kestler também. Agora talvez, se conseguisse manter Stacey sóbrio, ela poderia fazer algo de sua vida. Acenando para o pequeno grupo de curiosos, ela conduziu sua charrete pela rua e para fora da cidade, decidindo, aqui e agora, nunca mais voltar.

. . .

Eles amarraram o que havia sobrado das antiguidades roubadas nas costas de uma mula. Uma charrete guiada por uma bela mulher parou ao seu lado. Cole tirou o chapéu.

'Ouvi dizer que houve um tiroteio.'

'Sim,' disse Cole. 'Tudo está acabado agora.'

'Estava pensando... Havia um homem chamado Soloman. Ele estava aterrorizando a mim e meu marido. Ele estava...?'

'Sim, madame. Ele não vai mais lhe causar problemas.' Cole franziu a testa, apontou na direção do homem caído ao lado dela. 'Esse é seu marido?' Ela grunhiu. 'Me disseram que Kestler havia enviado alguém para matá-lo.'

'Sim. Eu o nocauteei com uma pá.'

Cole riu. 'Acho que isso era o mínimo que ele merecia. O que planeja fazer agora, madame?'

Ela encolheu os ombros. 'Ir o mais longe possível daqui. Começar de novo. Vai ser difícil, meu marido sendo como ele é.'

'Madame...' Cole foi até a mula e procurou dentro de um dos sacos. Ele trouxe algo embrulhado em uma grossa lona e foi até a mulher. Cuidadosamente abriu o embrulho e entregou uma figura belamente esculpida em sua mão. 'Isso aqui é uma estatueta de Meissen, na Alemanha. Era de meu pai e provavelmente vale mais do que toda essa cidade. Acredito que em São Francisco você conseguiria dinheiro o suficiente para qualquer tipo de vida que você queira.'

Com a boca aberta, uma lágrima rolando por seu rosto, ela olhou profundamente nos olhos de Cole. 'Eu não poderia... Isso é mais do que generoso, mas eu não poderia...'

'Claro que pode,' ele disse com um sorriso e deu um tapinha em sua mão. 'Vi matança o suficiente hoje para me deixar mal do estômago. Isso aqui vai ajudar a fazer parecer que tudo tenha valido a pena.'

Ele se afastou e a observou enquanto ela, fungando alto, cuidadosamente depositava a estatueta na traseira da charrete e ia embora.

'Caramba, foi uma boa coisa o que fez aí, Sr. Cole.'

'Você acha mesmo?' perguntou Cole, erguendo uma sobrancelha para Stone. 'Digo o mesmo para o que fez por mim.'

Stone deu um sorriso embaraçado.

Eles voltaram a seu macabro trabalho. Os cadáveres eles empilharam em uma carroça aberta e juntos eles a levaram ao agente funerário, cuja loja fechada parecia vazia, mas eles deixaram a carroça lá de qualquer forma.

Sem dizer uma palavra, os dois homens iniciaram sua jornada de volta para casa.

Cole cavalgava, deixando seu passado para trás, a decisão agora tomada. A matança tinha que parar. Com Roose morto, tudo o que ele conhecia havia ido embora.

Exceto Maddie.

Maddie que havia implorado para que ele não fosse, que havia lhe avisado que não estaria lá quando ele voltasse.

Se ele voltasse.

Antes de voltarem, porém, eles foram procurar por Roose.

Pela última vez, Cole usou suas habilidades de rastreador e quando eles chegaram no local, Stone chorou. Cole, em silêncio, cavou a cova.

A cidade, enquanto eles trotavam pela Rua Principal mais tarde naquele dia, parecia ser a mesma de sempre. Passando pelo escritório do Xerife, eles viram o jovem Thurst prendendo alguns posteres de procurado no quadro do lado de fora. Ele olhou para Cole por sobre o ombro e parou. Ele se virou. 'Você o encontrou?'

Cole assentiu e olhou em direção ao fim da rua. 'Enterrei o que sobrou dele.' Algo engasgou em sua garganta e ele pegou seu cantil e tomou um grande gole, desejando que fosse algo mais forte. 'Com certeza vou sentir falta dele.' As pessoas cuidavam de seus afazeres diários, fazendo compras, conversando, passando o tempo. Se ele tivesse uma fotografia desse lugar de um quarto de século atrás, ela teria exatamente a mesma aparência. Com a exceção de que Sterling Roose faria parte dela. Cole pensou sobre isso por um momento antes de guardar esse pensamento no fundo de sua mente. Eles haviam tido uma boa vida, melhor que a maioria, e Cole sempre soube que algo assim aconteceria no fim. Para homens como Roose e ele, era assim que corria o rio da vida.

'O que acontece agora?'

Acordado de seu devaneio, Cole olhou para Thurst. 'Eleja um novo xerife, eu acho.'

'Oh.' Thurst encarou o chão. 'Sr. Cole, eu admirava muito o Sr. Roose. Vou sentir falta dele.'

'Eu também, filho. Eu também.' Ele gesticulou na direção da placa de Xerife acima da porta. 'Você daria um bom xerife, Stone.'

Stone ficou boquiaberto. 'Sr. Cole... Eu não acho...'

'Não diga besteiras, filho. Vou dar o seu nome. Mas agora,' ele avançou com seu cavalo, 'tenho algo mais urgente para resolver.'

Ele balançou as rédeas e avançou suavemente, imaginando o que encontraria esperando por ele de volta para casa.

Dando um passo a meio galope, ele saiu dos limites da cidade e se dirigiu para sua grande casa. Aquela em que seu pai havia colocado tanta energia construindo-a. Cole nunca havia realmente apreciado como a casa era tão fria, nem como ela podia ser aquecida pelo amor de uma boa mulher. Agora, até mesmo isso estava perdido para ele. Ele deveria ter se esforçado mais, implorado para ela ficar. No entanto, ele não o fez. Seu orgulho tolo mas uma vez o atrapalhou e agora ele estava totalmente sozinho.

Ele veio pela colina e freou seu cavalo, o coração batendo tão forte em seu peito que ele pensou que fosse explodir.

Lá, logo após o portão, estava a charrete dela. No pátio do estábulo, o cavalo mastigava alguma coisa. Algo gostoso, sem dúvida. Algo que aquela égua sempre comia.

Porque ela estava lá.

Maddie não havia ido embora.

Como se sentisse que ele se aproximava, ela apareceu na varanda, parada na soleira, as mangas de seu vestido dobradas, uma bandana em sua testa para manter seus esvoaçantes cabelos loiros longe de seus olhos. Ela tinha um balde em uma mão e um esfregão na outra. Ela soltou os dois, colocou as mãos na cintura e, mesmo à distância, ele via o brilho de seu sorriso.

Sacudindo as rédeas, seu coração disparado, Cole fez seu cavalo galopar e o sorriso em seu rosto era mais largo do que em qualquer outro momento em sua vida.

Caro leitor,

Esperamos que você tenha gostado de ler *Aquele Que Vem*. Reserve um momento para deixar uma crítica, mesmo que curta. A sua opinião é importante para nós.

Atenciosamente,

Stuart G. Yates e Next Chapter Team

Aquele Que Vem
ISBN: 978-4-86752-602-6

Publicado por
Next Chapter
1-60-20 Minami-Otsuka
170-0005 Toshima-Ku, Tokyo
+818035793528

3 agosto 2021

www.ingramcontent.com/pod-product-compliance
Lightning Source LLC
LaVergne TN
LVHW051532170726
843492LV00006B/1732